記憶喪失になったら、
義兄に溺愛されました。

エレン
レティシアの専属メイド。家族のように接するレティシアが大好き。
クリストファー・ロバーツ
ロバーツ家の養子。レティシアを溺愛し、ほかの誰にも邪魔をさせないよう画策する。頭の切れる、隙のない性格。
レティシア・ロバーツ
前世は覚えているが今世のことはすべて忘れてしまった侯爵令嬢。記憶喪失になってからマイペースに拍車がかかる。
登場人物紹介
characters

ルルーシア
レティシアの親友。いたずら好きでお茶目。
リリアナ
レティシアの親友。知的で冷静、弁が立つ。
ルイーゼ
レティシアの親友。面倒見のよい姉後肌。
ジュリアン・ハリス
レティシアの元婚約者。嫉妬させたいが故にミリアと仲良くする。
ミリア・ゾグラフ
ジュリアンの遠い親戚でハリス家に滞在している。レティシアを一方的に妬む。

プロローグ

その日、私はある令嬢から呼び出しを受けていた。

「ねぇー。私、今日の放課後にリアン様から呼び出されているの。校舎の裏庭なんて、人気《ひとけ》がない場所だから、恋人同士の逢瀬にピッタリな場所よねぇ。ふふっ……。きっと私は、リアン様から愛の告白を受けるわ。良かったら見に来てもいいわよ。リアン様が私に愛を囁いている姿を見れば、親が決めただけの、愛のない婚約者であるアンタは、リアン様を潔く諦められるでしょ？　あら、やだー！　そんな目で見ないでぇ。私達は……、ただ愛し合ってしまっただけなのよぉ。お飾りの婚約者様、放課後待ってるわよ。またねー！」

ぱっちりしたピンクの目に、小さくて可愛らしい容姿のミリア・ゾグラフ男爵令嬢は、自分の言いたいことだけを言うと、すぐにその場を去って行ってしまった。

「……っ！」

ここは貴族学園。私は一人の淑女として、絶対に人前で泣いてはいけないのだ。

どこで誰が私を見ているのかわからないのだから、表情を崩しては絶対にダメ。他者に弱みを握られるのだけは許せない。

たとえ、私の愛した婚約者が、ほかの令嬢に心変わりをしたとしても……

◇　◇　◇

幼い頃からの婚約者である、ジュリアン・ハリス侯爵令息と私は、お互いを思い合う、仲の良い婚約者同士であったと思う。

優しくて素敵なジュリアン様が、私の婚約者であることはとても嬉しかったし、このまま何も変わらず、学園を卒業した後に結婚するものだと思っていた。

しかし、私が貴族学園に入学すると同時に、ある令嬢が現れたことによって、私達の関係はすぐに変わってしまった。

ジュリアン様の遠縁であるゾグラフ男爵令嬢は、ジュリアン様の邸宅から学園に通うことになったらしく、彼女の面倒を見るという都合で、二人は一緒に過ごす時間が増えていた。

ゾグラフ男爵令嬢は、市井《しせい》で生活をしていた元平民らしく、貴族令嬢らしからぬ行動が目立つ。

加えてジュリアン様の婚約者である私を、一方的に敵視するような性格の持ち主だった。

ジュリアン様は、ゾグラフ男爵令嬢のそのような自由な性格に惹かれたのかもしれない。

気がつくと二人は、誰が見ても惹かれ合う男女のようになっていたのだ。

何をするにもゾグラフ男爵令嬢を優先し、私を顧みないジュリアン様に、私の心はズタズタにされてしまった。

そして、そんな灰色の日々を送る私に、ゾグラフ男爵令嬢が接触してきた。

彼女は、自分が放課後にジュリアン様から愛の告白を受けるであろうということを、わざわざ私に伝えたのだ。


散々迷った挙げ句、二人の関係の真実を知りたかった私は、放課後に校舎の裏庭に来てしまった。

大きな木の陰に隠れて待っていると、私の婚約者であるジュリアン様がやって来て、そのすぐ後にゾグラフ男爵令嬢が来るのがわかった。

私のいる場所から二人は少し離れていて、会話がハッキリと聞こえない。ジュリアン様は後ろ姿しか見えなかった。

私から見えるのは、ジュリアン様と嬉しそうに話をする、ゾグラフ男爵令嬢の表情だけ。

私に対しての当たりがキツい令嬢ではあるが、ジュリアン様や他の令息達には、愛想がいいと聞く。

上目遣いで、あんな風に可愛らしく見つめられたらジュリアン様は……

次の瞬間、二人の顔が重なる。

あれはもしかして……、口づけ……？

「……っ、痛い」

その瞬間、これまで感じたことのないズキズキした頭の痛みに襲われ、今の自分とは違う人物の記憶のようなものを思い出していた。

この記憶はもしかして……

それよりも、私は今すぐにここから離れた方がよさそうだ。長居をすれば二人に気付かれるかもしれない。

私は頭の痛みに耐えながらその場からよろよろと離れ、迎えに来ているはずの、自分の家紋の馬車まで急いだ。


「……レティシア？　顔色が悪い。どうした？」

いつも顔を合わせても会話すらしない義兄《あに》が、私に話しかけてくるなんて珍しいこともあるのね。

そんなに私は酷い顔してるのかしら？

普段は帰宅する時間が異なるため、二台の馬車が別々に迎えにきている。

今日に限って、帰りの時間が義兄《あに》と一緒になるなんて、私は相当運に見放されているようだ。

「何でもないですわ」

「何でもないって顔じゃないだろう！　何で泣いているんだ？」

義兄《あに》がしつこい。

いつも私のことなんて、興味ないくせに！

「……疲れました。ただ、それだけですわ」

「疲れた？　何に疲れたというのだ？」

「私、婚約を解消したいのです。そうなれば、私は家を追い出されますか？　でも、出て行けと言われれば、すぐに出て行く覚悟はありますから」

「急に何を言っている？」

頭の切れる義兄《あに》が、訳がわからないというような目で私を見つめる。

いつもは冷静な私が、こんな風に取り乱すことは珍しいから、義兄《あに》には滑稽に見えるのかもしれない。

「ふふっ。お義兄《にい》様が気になさることではありませんわね。申し訳ありません。私が言ったことは、どうかお忘れになってください」

兄は何か言いたげではあったが、そのままお互い無言になり、気がつくと邸《やしき》に到着していた。

自分の部屋に帰って来た私は、部屋で一人になり、更に憂鬱な気分だ。

もう学園に行きたくない。婚約も解消したい。

でも、いくら私が婚約解消を望んでも、聞き入れてもらえないだろう。

貴族の結婚は家同士の結びつきだ。私個人の意見なんて関係ないのだから。

そうだ、家を出よう！　最低限の荷物を持って、しばらく修道院にでも行こうか。

実は、二人がキスをするショックな現場を見た瞬間、私は前世の記憶を思い出したのだ。

私は前世で普通の一般人だった。だから家を出て、平民として生きてやる。

あんな浮気な男と結婚させられるくらいなら、さっさと逃げてやる！

家出を決意した私が、バッグにお金と少しの着替えに宝石を詰めていると、ドアがノックされた。

慌ててバッグを隠す。

「どうぞ」

「お嬢様。大変です！　突然、ハリス侯爵令息がいらっしゃいました！」

メイドのエレンが焦った様子で告げる。

はっ……？

どうして急に来るの？

私の家になんてずっと来なかったくせに。

「気分が悪くて臥《ふ》せっているから、会えないって断ってくれるかしら？」

「それが、どうしてもすぐに会いたいと言って……、部屋まで来そうな勢い……大変！　階段を上ってきています！」

あの男には絶対に会いたくない。

「エレン、ごめんなさい。私、行くわ！」

「えっ、お嬢様？」

私は窓から外に逃げて、あの男が帰るまで敷地内の離れの邸《やしき》にでも隠れていることに決めた。

急いでバルコニーに出て木の枝に掴まり、そのまま下に降りようとする。

しかし前世の体とは違って、今世の貴族令嬢の体は、そこまでの動きには対応できなかったようだった。

ドスン！

私は二階のバルコニーから落ちてしまったようだ。

「お、お嬢様が……、お嬢様が落ちて……。いやぁぁー。お嬢様ぁー！」

エレンが叫んでいる声が聞こえる。

体の痛みを感じる中、私は意識を失ってしまった。

第一章　記憶喪失になったけど、兄はイケメンでした。

やっと残業が終わったし、何か美味しいものでも買って帰ろう。明日は休みだから、ダラダラとのんびり寝てようかなー！


うーん……。寝すぎちゃったかな？　頭痛いかも。

パチっと目覚めた私は、軽く散らかっていた自分のワンルームマンションとは違う部屋にいることに気付く。

えっと……、ここはどこだ？

あっ！　さっき見た夢は、日本で社畜だった頃の私の記憶だ。

今世の私は確か……、バルコニーから落ちたんだ！　でも、何で落ちたんだっけ？

日本での前世の記憶を思い出して、普通の社畜でいた頃の記憶はあって、今世でバルコニーから落ちたことは覚えているのに……、ほかの記憶がない。今の私の名前は何だっけ？

ヤバいわ。何も思い出せない。

その時、ガチャっと扉が開く音がする。誰かが部屋に入って来たようだ。

「……お、お嬢様！　目覚められたのですね！　ああ、神様……。今すぐ、旦那様達を呼んできます！」

元気なメイドさんだ。あの態度を見る限り、私とは仲が良かったっぽいよね。しかし、あのメイドさんが誰なのか、全く思い出せないんだけどー。

すると、部屋の外からバタバタと騒がしい音がする。さっきのメイドさんが、旦那様とやらを呼んできたかな？

「レティシア！　ああ、良かった。目覚めたのだな」

「……うっ、うっ。レティシア、良かったわ！」

普通に美男美女の、お上品な旦那様とその奥様らしき人達が来た。

しかし、誰だかわからない私から見たら、ただの初対面の人達だ。

「レティシア、どうした？　まだ体は辛いか？　すぐに侍医が来るから、しっかり診てもらおうな」

「そうね。目覚めたとはいえ、まだ体が心配だからしっかり診てもらいましょう」

恐らく、今世の私の両親だと思うのだけど……

「……あの、お二人は私の両親なのでしょうか？」

「な、何を言って？」

「レティシア？　お父様とお母様を忘れてしまったの？　……なんてこと！」

両親らしき二人は顔が蒼白になってしまった。

その後、すぐに侍医に診てもらい、両親や使用人達のことを全て忘れている私は、記憶喪失になったのだろうと診断された。

頭を強く打っているので、その時の後遺症らしい。記憶が戻るかはわからないが、しばらく療養して様子を見ようということになった。


落ち込む両親やメイド達が私の部屋を出て行き、私は部屋で一人きりになる。

よし！　これから一人作戦会議をしようか。

とりあえず、さっき両親が教えてくれた、自分自身の情報。

私の名前はレティシア・ロバーツ。

侯爵家の令嬢で、十六歳になる貴族学園の一年生。家族はさっきの両親と、二つ上に兄がいるらしい。兄はまだ帰って来てないので、顔は知らない。

バルコニーから落ちた私は、十日くらい意識を失っていたようだ。

それよりもすごいのは、なんと今世の私は驚くほど可愛い美少女だった。

ストロベリーブロンドの綺麗な髪。長いまつ毛に、ぱっちりしたサファイアのような綺麗な目。白い肌にプルンとした唇。かなり可愛いよ！　ラッキー！

家は金持ちみたいだし、可愛いし、今世は楽しい人生を過ごせそう。

ふふっ！　生まれながらの勝ち組よ！

鏡に映った自分の顔を見てニヤけていると、ドアがノックされる。

「はい」

ニヤけた顔を見せたくない私は、慌てて表情を引き締めて返事をした。

「失礼いたします。お嬢様、お茶をお持ちしました」

さすが金持ち貴族だわ！　可愛いメイドさんが来て、高そうなティーカップにいい香りの紅茶を注いでくれた。

「いい香り。ありがとうございます」

「……いえ」

このメイドさんは私を見て、なぜ悲しそうな表情をしているのだろう？

それよりも……、紅茶がすっごく美味しい。いい茶葉を使っていて、淹《い》れ方も上手なのね。

さすが金持ち！　メイドさんのレベルも高いらしい。

「とっても美味しいです」

美味しい紅茶を淹れてくれたメイドさんに、笑顔で紅茶の感想を伝えるのだが……

「……うっ、うっ。……ううっ」

メイドさんが泣いている。えぇー、何で？

「どうかしました？　何かあったのですか？」

「も、申し訳……ありません。お嬢様が記憶を失くされ、雰囲気まで……っ、変わってしまって」

泣いてくれるくらい、私と仲が良かったということなのかもしれないな。ありがたい存在だよね。

「私のために涙を流してくれているのね。それなのに、私は貴女のことも忘れてしまったのね……。ごめんなさい。改めて、貴女の名前を教えてもらってもいいですか？」

「私はエレンと申します。お嬢様は、私をエレンと呼んでくださっていました」

「そうなのね。じゃあ、これからもエレンって呼ぶわね」

「はい」

毎日私の側にいるメイドさんは、きっと私の強い力になってくれるはず……

「エレンにお願いがあるのだけど」

「はい。何でしょうか？」

「エレンと私は、仲が良かったのよね？」

「私のような者が、お嬢様と仲が良かったなどと言っていい立場ではありませんが、お嬢様にはとても良くしていただいておりました」

記憶を失う前の私は、やはりエレンとの関係は良好だったらしい。

「じゃあ、エレンの立場で私の忘れてしまったことをいろいろと教えてくれると助かるわ。よろしくね」

「はい。私の知っていることでしたら」

「ありがとう。頼りにしているわね」

このメイドさんは、私が目覚めた時にかなり喜んでくれていたから信用できそうだ。


エレンとおしゃべりをしていると、またドアがノックされる。

……誰だろう？

「どうぞ」

私が返事をした直後に部屋に入って来たのは、驚く程のイケメンだった。

栗色の髪に青みのかかったグレーの瞳、整った顔とすらりとした長身。

……タイプだわ！

「レティシア。目が覚めたと聞いたから、顔を見に来た。大丈夫か？」

声もステキ！

誰なの？　私を呼び捨てで呼ぶ、このイケメンは？

「……」

イケメンに見惚れてしまい、返事すらできない私。

「レティシア？」

「お、お嬢様！　こちらはレティシアお嬢様のお義兄《にい》様であるクリストファー様です」

エレンが早速助けてくれる。

しかし、この人が兄なの？　同じ屋根の下にこんなイケメンが住んでるの？

イケメンすぎて、兄だなんて思えないのだけど。

あまりにも衝撃的すぎて、言葉が出てこない私。

「レティシア、私のことも忘れてしまったのか？」

私が記憶喪失になってそんなに悲しそうな顔をしてくれるなんて、私達は仲が良かったってことかな？

だけど、悲しそうな表情ですらヤバいくらいにカッコいい。

「あの、私のお兄様なのですね？　記憶が失くなってしまい、ご迷惑をお掛けしますが、どうぞよろしくお願いします」

「……よろしくお願いします？　初対面みたいだな」

寂しそうにフッと笑う、私の兄だというイケメン。

「申し訳ありません」

「謝らなくていい。体調が戻るまでゆっくり過ごすようにな」

イケメンのお兄様は、そう言って部屋から出て行った。

これって、もしかして何かのご褒美だったりする？

前世では、みんなから社畜と呼ばれるくらいお仕事を頑張っていたから、今世では金持ちの家で、のんびり美少女ライフを過ごしていいよってことかな。

ついでに、私好みのイケメン兄をオマケにつけておいたよって、神様が私にプレゼントしてくれた？

そうだったら嬉しいけど！

「お嬢様……、大丈夫でしょうか？　突然、クリストファー様が部屋にいらしたので、驚かれましたか？」

あっ、いけない！　お兄様があまりにも私の好みのタイプすぎて、ボーっと考え込んでしまっていたわ。

鼻の下が伸びていたかな？　エレンにみっともない顔を見られちゃったかもしれない。

「だっ、大丈夫よ。同世代の兄妹は、ちょっとだけ気を使うなぁって思っていただけよ。それよりも、さっきは私のお兄様だと教えてくれて助かったわ。ありがとう」

私がお礼を伝えると、エレンの表情が柔らかくなる。

「それは当然のことですから。それよりも、さっきはお嬢様が変わってしまったと泣いてしまい、申し訳ありませんでした。お嬢様は記憶を失くされていても、私に優しく接してくれるところは以前と一緒ですね。お嬢様はお嬢様です！　私はお嬢様に仕えることができて幸せです」

なんて嬉しいことを言ってくれるのー！

「エレン。私こそ、記憶喪失になってしまったけれど、貴女が側にいてくれて幸せだと思っているわ」

「お嬢様ー、大好きです！」

記憶はないけど、私とエレンはこれからも変わらずに、仲良くできそうだと思った瞬間だった。

だけど、さっきのお兄様は反則だよね。あそこまでイケメンだと、自分の兄であっても緊張してしまうよ。

ダラダラした性格の私には、ちょっと小太りで、人の良さそうなお兄ちゃんがちょうどいいんだけどな……

でもこの年齢だから、一緒に遊んだりすることはないだろうし、それぞれ行動は別だろうから、そこまで関わることはないよね？

イケメン兄は、観賞用として楽しむようにしようっと。

しかし、私の予想は大きく外れた。イケメン兄は私の世話を焼きに、頻繁に私の部屋に来てくれるようになったのだ。

イケメン兄が優しくしてくれたり、構ってくれたりしたら、つい嬉しくなって笑顔になってしまう元社畜。

私って、本当にチョロい女だわ……

「シア！　今日は、王都で一番流行っていると噂の店のケーキを買ってきた。学園帰りに近くを通ったら、店がまだ開いていたから、運が良かったよ。今から一緒に食べよう」

初対面で私をレティシアと呼んでいたはずなのに、気付いたらシアって呼んでくれるようになり、学園から帰ってくると、真っ先に私の部屋に会いに来てくれる兄。しかも、わざわざ有名店のスイーツまでお土産に買ってくるという、細やかな配慮も忘れない。

イケメンで優しくて、ここまで気遣いができるなんて……。きっとイケメン兄はモテるだろうね。

良くないとは理解していても、いい歳してブラコンになっちゃうよー。

「お兄様、おかえりなさいませ。流行りのお店のケーキだなんて、とても嬉しいですわ。ありがとうございます」

「シアの口に合うようなら、そのうち店を予約するから、二人で行こう」

「本当ですか？　私、お兄様と一緒にお店に行ってみたいですわ」

「そうか！　では、シアが元気になったら、二人でその店に行こうな」

ああ、笑顔が尊い。思わず手を合わせて拝みたくなっちゃうレベル。

二人で行こうだってー！　ちょっとしたデートみたい。

お兄様は選ぶのが難しいくらいたくさんの種類のケーキを買ってきてくれた。私はその中からクリームとフルーツがたくさん入ったショートケーキを選ぶ。

優しく微笑んで今日も当たり前のように私の隣の席に座り、私がケーキを食べる様子をジーっと見ている。

食べている姿を見られるのは恥ずかしいし、ちょっと距離が近い気がするんだけど……

「シア、ケーキのクリームが口に付いているぞ。しょうがないな……」

お兄様はフッと笑うと、私の口に付いていたクリームを指でとって……、ペロって……、舐めちゃうの？

その瞬間、私の顔がカァーっと熱くなる。なぜなら、クリームを舐めるお兄様が危険なほどに色っぽく見えたからだ。

お兄様のその仕草にすっかりやられた私は、無意識に自分の鼻の下に触れて鼻血が出ていないかをチェックしていた。

ケーキのクリームを口に付けちゃった私はダメ令嬢だけど、貴族令息が指でそのクリームを取って舐めるのもダメだよね？

チラッとエレン達の方を見ると、みんな顔を赤くしていた。

イケメンって、何をしてもすごいのね……

「お兄様……、お恥ずかしいですわ。クリームが付いていることを教えてくださったら、自分で拭きましたのに」

「シアは恥ずかしがり屋なんだな。別にこれくらいのことは何ともないだろう？」

何ともなくないですから！

そんなことされたら、普通の令嬢ならあっさりお兄様に落ちてしまうよ。

イケメンがペロってしたら、すごい破壊力あるからね！

「シア。黙っているが、怒っているのか？　可愛いシアを見ていると、つい面倒を見たくなって、あれこれ手を出したくなってしまうんだからしょうがないだろう？　シアは、私のたった一人の大切な妹なのだから、それくらいは許してほしい」

私の心臓がありえないくらいドクドクしている。

このお兄様は、私の心臓を酷使させたいのかしら？

「……シア？」

「はっ、はい！　わ、私もお兄様が大切ですわ。お兄様がいつも優しくしてくれて……、とても嬉しい……です」

今の私は、お兄様にその言葉を伝えるだけでも命懸けだよ。

「シアは私の一番の宝物だから、優しくするのは当然だ」

「……ぶっ、ゲホッ、ゲホッ……」

「お、お嬢様！　大丈夫ですか？」

紅茶を噴き出してしまいそうなことをサラッと言えるお兄様。相当危険なイケメンだわ。

お兄様が私の部屋を去った後、こっそりエレンに聞いてみた。

「エレン。教えてほしいのだけど、この国の兄妹はうちのお兄様みたいに、妹をあそこまで大切にするような関係が普通なのかしら？」

前世だったら、あんな関係はありえない。

仲の良い兄妹はたくさんいるだろうけど、あんな風に妹に接していたら『○○の兄ちゃん、シスコンだってよ』ってみんなに言われるだろう。お兄ちゃんに彼女ができなくなってしまうパターンだと思うの。

「お嬢様。正直に言わせていただきますが、この国で兄妹といっても、いろいろなタイプがあると思います。お嬢様とクリストファー様のように仲の良い兄妹もいれば、口喧嘩ばかりしている兄妹やお互い無関心で会話すら成り立たない兄妹もいると思います。クリストファー様はお嬢様が可愛くて仕方がないのだと思いますわ。もし私が、おそれおおくもクリストファー様のお立場であったなら、私も常にお嬢様の近くにいてこれ以上にないくらいに可愛がっていたと思います。溺愛します！」

「……そうなのね」

自惚れるわけではないのだけど、エレンは私が大好きなのよね。私もエレンが大好きだから、何の問題もないんだけど。

私大好きのエレンに聞いてもあまり参考にならなかったかな。

でも、兄妹仲良しなのはいいことだよね。

その翌日、お兄様はまたたくさんのスイーツを買って、帰って来てくれた。

「シア！　今日はシアが好きな、クリーム系のケーキが人気の店のスイーツにした。一緒にお茶にしよう」

「お兄様、おかえりなさいませ。私の好みは、お兄様にバレていたのですね。ふふっ……。さすがお兄様ですわ」

スイーツは何でも好きだけど、私は特にクリームが大好きなのだ。

お兄様は、私が好んで食べているものをよく見ているようだった。

「大切なシアのことは、何でも知っていたいと思うだろう？　シアは、スイーツを食べる時の紅茶は砂糖なしのストレートティーで、飲み物だけの時は、涼しい日はココアかミルクティーで、暖かい日はレモンティーだってことくらい知っているさ。クリームは好きだけど、チョコクリームはそこまで好きではないこともな」

えー！　そこまで私のことを知ってくれているの？

お兄様だから嬉しいけど……

そこまで私を大切に思ってくれているんだね。私もお兄様のことをもっと知りたいかも！

この時すでに、私はすっかりブラコンになってしまっていた。

◇　◇　◇

あの日、生徒会の仕事が休みでいつもより早く下校できることになった私は、久しぶりに義妹《いもうと》のレティシアと一緒の馬車で帰ることになった。

馬車で義妹《いもうと》を待っていると、浮かない顔をして彼女はやって来た。彼女には珍しく音を立てて慌てて馬車に乗り込む。

そして、人前で泣かないように育ってきたはずの義妹《いもうと》が涙を流していたのだ。

何があったのかを聞いたのだが、何も話してはくれなかった。

ここ数年、まともに会話をしてこなかった義兄《あに》に突然問われても、話をしたいとは思えないのだろう。

そして義妹《いもうと》は婚約を解消したい、家を追い出されてしまうなど、驚くべきことを話している。

義妹《いもうと》がこんなに取り乱すことといえば、恐らく婚約者絡みだろう。

邸《やしき》に帰ったら、義妹《いもうと》の婚約者に纏わりつく目障りな女の監視をさせている影から、話を聞いてみることにしよう。

しかし邸《やしき》に着いた後、義妹《いもうと》を部屋に一人にしたことを私は後悔することになる。

邸《やしき》に着いて少しすると、騒がしい音が聞こえてくる。

部屋を出て見ると、義妹《いもうと》の婚約者のハリス侯爵令息が義妹《いもうと》の部屋に行こうとしているところであった。

普通なら応接室あたりで待つべきなのに、何をしているのだ？　この男は最近、うちの邸《やしき》に来ることはなかったのに珍しいこともある。

私は気がつくと非常識な男に声を掛けていた。

「ハリス侯爵令息！　うちに何の用だ？　今日はあの女は一緒ではないのか？」

声を掛けて気が付くが、ハリス侯爵令息の顔色が悪い。しかも、私がいるとは思っていなかったようで、声を掛けられたことに驚いているようであった。

「……申し訳ありません。急ぎでレティーに会いたくて」

弱々しい言葉だった。

その時、義妹《いもうと》の部屋の方からドスンという音がする。そして……

「お、お嬢様ーー！」

義妹《いもうと》の専属メイドの叫ぶ声が聞こえる。

ただならぬ雰囲気に義妹《いもうと》の部屋に駆けつけるが、レティシアの姿が見えない。

「お、お嬢様が……、お嬢様が落ちて……。いやぁぁー。お嬢様ぁーー！」

メイドが取り乱してバルコニーの方を見ている。

すぐにバルコニーに向かうと、義妹《いもうと》がバルコニーの下で血を流して倒れているのが見えた。

義父《ちち》も義母《はは》も不在の中、急ぎで侍医を呼び出し、義妹《いもうと》を診てもらう。

命は助かったが、いつ目覚めるのかはわからないと言われる。

「お願いです！　レティーの側に付いていたいのです」

ふん！　最近は義妹《いもうと》に対して冷たかったくせに、この男は何なんだ？

「悪いが、今日は帰ってくれるか？　それに、あの女が待っているのではないのか？」

「ミアとは、そんな関係ではない！　私にとって大切なのはレティーだけです」

「……そうか。そんな風には全く見えなかったがな。まあいい。とにかく今日は帰ってくれ！　誰か、ハリス侯爵令息が帰るから、見送りを頼む！」

強引にハリス侯爵令息には帰ってもらうことにした。

その後、呼び出した影の話と影が記録として撮ってきた映像石の動画を観て、私は怒りで震えた。

影にどうしてもっと早くに報告をしなかったのかと怒りをぶつける。しかし影からは、何度も報告に伺ったが、忙しいから後にしろと言われてしまったので、なかなかできなかったと言われてしまった。

そうだった……。最近は生徒会の仕事や、王太子殿下の執務の手伝いなどもあって、とにかく忙しかった。その結果、こんなことになってしまったのだ。

しばらくは、レティシアのことを最優先にしよう。

あの男と尻軽女は絶対に許さない。

私がレティシアと出会ったのは、十二歳の時だった。

名門のロバーツ侯爵家の跡継ぎとして、分家の伯爵家の三男だった私が、養子として迎えられたのだ。

この国では爵位は男子のみが引き継ぐ。一人娘のレティシアは家格が同じ侯爵家の嫡男と婚約を結んだので、私が跡継ぎとして養子になったのだ。

当時まだ十歳だったレティシアは、とても可愛かった。整った綺麗な顔立ちに、ストロベリーブロンドのサラサラの髪とぱっちりの青い綺麗な目。こんな瞳で見つめられたら……

「一人っ子だったから、兄ができることをとても喜んでいたのよ」と、義母上《はは》が話しているのを聞いて恥ずかしがっている姿もまた可愛い。目をキラキラさせて、『お義兄様《にい》』と呼ぶ姿も、なんて愛らしいのだろう。

恐らく私は、この時にはすでにレティシアに恋をしていたのだと思う。

しかしもうレティシアには婚約者がいた。だから私は、この気持ちには気づかないフリをした。

レティシアと婚約者は普通に仲が良かったと思う。

婚約者のハリス侯爵令息はレティシアを大切にしているようだし、時間があるとよく会いに来ていた。レティシアも嬉しそうに受け入れていた。

しかしある日、私は二人の会話を聞いてしまった。

「レティー。君は義兄上《あに》と僕と、どっちの方が好きなの？」

「えっ？　私はリアン様も、お義兄様《にい》も大好きですわ」

お義兄様《にい》も大好きって……。レティシアは可愛いな。

「義兄上《あに》も大好き？　そんなこと言わないで。僕だけを好きでいてよ。僕は、レティーと義兄上《あに》の仲が良すぎて嫌なんだ」

仲が良いから不安なのか。しかし、私達は義理とはいえ兄妹なのに……

「リアン様は大切だし、大好きですわ」

「……じゃあ、あまり義兄上《あに》と仲良くしないでね」

コイツ、何を言ってるんだ？　義兄《あに》に嫉妬なんて見苦しい。

「お義兄様《にい》と仲良くしてはダメなのですか？　私のたった一人の兄なのに」

「僕の頼みが聞けないの？」

ハリス侯爵令息の声が低くなる。

この男はレティシアを脅しているようだ。

「……わかりました」

その会話を聞いた後からだと思う。仲が良かった私達の関係に亀裂が入ったのは。

両親は仕事が忙しくて家にいることが少なく、まだ幼いレティシアは、一人で寂しい思いをしていた。それにもかかわらず、義兄《あに》と仲良くするなと言うなんて今考えると酷いことだと思う。

レティシアは貴族令嬢としては完璧に育つが、家族に上手く甘えることができなくなってしまったように思う。義両親も、そんなレティシアにどう関わっていいのか、何となく悩んでいるように見えた。

だから婚約を解消したら、家を追い出されるという考えになったのだろう。

そんなことはありえない。レティシアは気付いていないが、義両親はレティシアを愛しているし、大切に思っているのだから。

あの日、レティシアがバルコニーから転落して意識を失っていると聞いた義両親は、慌てて帰ってきて寝ないで看病していた。

義母《はは》はマナー講師の仕事は辞めてレティシアの看病に専念したいと言い出すし、義父《ちち》もしばらく仕事を休むようにするらしい。

レティシアがバルコニーから転落した次の日、あの男が訪ねて来た。

何も知らない義両親は、娘の婚約者がお見舞いに来たことを歓迎していた。

「ジュリアン、せっかくレティシアの見舞いに来てくれたようだが、まだレティシアは意識が戻らないのだ。いつ目覚めるのかもわからない厳しい状態だ」

「それでも毎日会いに来ます。レティーが目覚めるまで待ちたいのです」

絶望した表情で涙を流しているが……、コイツは信用できない。

義両親はハリス侯爵令息をレティシアの寝ている部屋に案内していた。こんな男でも、まだ一応はレティシアの婚約者なのだ。

ハリス侯爵令息は、泣きながらレティシアの手を握り、何度も謝っていた。

それを見た私は、後でレティシアの手を拭いてやろうと決めた。あの汚れた手で、レティシアを触らないでほしい。

あの男をうちの邸《やしき》に出入り禁止にするために、私は義両親に例の映像石の動画を見せることにした。

動画を見て怒り狂った義両親は、すぐにハリス侯爵家に遣いをやった。不貞のことは伝えず、しばらくは療養に専念させたいということにしてあの男を立ち入らせないようにしたのだ。

さらに私は婚約解消を急ぐ義両親に、まだ待ってもらうことにした。

あんな男でもレティシアは慕っていた時期があったのだ。レティシアの意思を聞いてから決めてあげたかった。

レティシアが目覚めない間、あの男は何度か見舞いに来たらしい。

側に付いていたい、顔が見たいと言って引かなかったらしいが、義両親がすぐに追い返し、ハリス侯爵家に苦情を入れたと言っていた。

あのバカは一体何を考えているのだ？

そんなにレティシアが好きなら、なぜあんなことをしたのだ？　絶対に許さない。

レティシアが転落して十日ほど経つ頃だった。私が学園から帰ると、義両親が泣いている。

レティシアに何かあったのか……？

「クリス……。うっ、うっ。レティシアが……」

「義母上《ははうえ》、レティシアがどうしたのですか？」

最悪の事態を予想して、また血の気が引いていく。

「……目覚めたのよ。でも……、うっ」

目覚めたって？　ああ、良かった。

「今から顔を見て来ます！」

「クリス、待ちなさい！」

「義父上《ちちうえ》、どうしました？」

義父《ちち》が深刻な顔で私を呼び止める。

「レティシアが、私達のことを覚えていないのだ。侍医は記憶喪失だと言っていた……」

「……覚えていないのですか？　私のことも？」

なんてことだ……

「クリスのことはわからないが、私達やメイド、自分の名前すら覚えていなかった。侍医は、何か辛いことがあって、ショックを受けた後遺症なのか、それとも、転落して頭を打ったことによる後遺症なのか、原因はわからないと言っていた」

どうしてレティシアばかりが、こんなに辛い目に遭うのだろうか……？

レティシアはあの日泣いていた。家を出ることになっても婚約を解消したい、と。

そして、その後にバルコニーから転落した。部屋には家出の準備をしたと見られるバッグがあった。

そのことを知った義両親は、己自身を責めた。

幼い頃に婚約者なんて決めなければよかったと……。仕事ばかりで、寂しい思いをさせ、親としての愛情を上手く伝えてあげることができなかった。もっと一緒に過ごす時間をとってあげれば良かったと……。レティシアが目覚めるまで毎日泣いていたのだ。

確かに、義両親は忙しくてレティシアといる時間が少なく、心の距離はあったように思う。

しかし、諸悪の根源はあの男。

レティシアの気持ちを再度確認し、婚約破棄してもいいとなったら、あの男と尻軽女にきっちりと報復してやる！


目覚めたレティシアを訪ねると、私を見て言葉を失くしている。声を掛けても、驚いたような表情をするだけ。

やはり私のことも忘れてしまったようだ。

見兼ねたメイドが、私がレティシアの義兄《あに》だと教えたことで、はっとした表情をする。

「レティシア、私のことも忘れてしまったのか？」

「あの、私のお兄様なのですね？　記憶が失くなってしまい、ご迷惑をお掛けしますが、どうぞよろしくお願いします」

口調も雰囲気も前とは違っていた。本当に記憶喪失らしい。

「……よろしくお願いします？　初対面みたいだな」

義両親から話を聞いて覚悟はしていたが、ショックだった……

その場にいるのが辛く、長居はせずに自分の部屋に戻る。

自室で私は今までを振り返ってみることにした。

今までは、レティシアと過ごす時間はほとんどなかった。

許されるならば、これからはずっと彼女の側にいて、支えたいと思う。

レティシアが長らく失っていた笑顔を、私が取り戻してあげたいし、仲の良かったあの頃のように戻りたい。

レティシアに心から尽くしていきたいと思う。

王太子殿下には事情を話して、しばらくは生徒会の仕事も、執務の手伝いも休む許可を頂いた。

殿下や友人達からは、隠れシスコンをやめたのかと言われたが、そんなことは気にしていられない。

私は何をするにも、レティシアを最優先すると決めた。

次の日から学園から早く帰るようにして、レティシアと過ごす時間を大切にした。

私が部屋に行くと、レティシアはまだ慣れないのか、恥ずかしそうな表情をする。

この表情は、まだ私がこの家に養子に入ったばかりの頃によく見せてくれた表情と一緒だ。

可愛すぎる！

しかも、私が関わることを喜んでくれているのか、嬉しそうに微笑んでくれさえするのだ。

もう、この気持ちは止められないかもしれない。

記憶を失ったレティシアは、とにかく可愛すぎる。

昔のように仲良くなりつつ、状況を見てあのバカ男のことを話し、今後、婚約をどうしたいのか聞いてみよう。

うちは筆頭侯爵家で、金銭面でも問題ないから、この婚約話がなくなっても何も困らないし、相手が有責だ。

しかも、こんな可愛いレティシアならいくらでも相手は見つかるだろう。

……いや、レティシアは誰にも渡さない。

◇　◇　◇

僕、ジュリアン・ハリスはハリス侯爵家の跡取りとして、両親に大切に育てられた。

十歳の時に参加した王妃殿下主催の茶会で、父の親友のロバーツ侯爵と令嬢のレティシア嬢を紹介される。

私より一つ年下のレティシア嬢は、ストロベリーブロンドの輝くような髪とくりくりの大きな青い瞳、整った顔立ちの美少女だった。

父親から私達に挨拶するように促され、恥ずかしそうに挨拶する姿が初々しくて可愛らしい。

一目惚れだった……

邸《やしき》に帰った後、私は両親にレティシア嬢と婚約したいと頼んでいた。

「レティシア嬢に一目惚れしました。ぜひ婚約させてください！」

「まあ。リアンが一目惚れですって！」

「そうか。一目惚れか……。しかし、一人娘で婿取りをすると言っていたから、ロバーツ侯爵家はレティシア嬢を嫁に出すかわからない。しかも、望めば王子妃になれるくらいの名門の令嬢だ。侯爵に婚約の打診はしてみるが、難しいことだというのはわかってくれよ」

両親はその後、私のために粘り強く婚約を申し込んでくれた。

その甲斐あって、一年後にはやっと婚約者になることができた。

正式に婚約者になってからは、とても幸せだった。

レティシアは可愛くて素直で優しい子だ。私に会うと嬉しそうにしてくれるし、手を繋ぐと顔を赤くして恥ずかしがるのだ。レティーという愛称で呼ぶことも許してくれた。

友人達から羨ましがられるくらいに可愛いレティー。

大好きで、これからもずっとこんな仲でいられるのだと思っていた。

しかし、ある時からレティーに変化が表れる。

ロバーツ侯爵家が跡取りとして親戚から養子に迎えた、義兄《あに》のクリストファーが来てからのことだ。

レティシアは何かにつけて『お義兄様《にいさま》が……』と、義兄《あに》の話ばかりをするようになる。

義兄妹同士で手を繋いでいたり、仲良く微笑み合ったり、両親が多忙なので、食事はいつも二人で食べていると聞いた。

私の心の中が真っ黒に染まっていく。イライラするし、義兄《あに》の存在が面白くない。

我慢のできなかった私は、レティーに話をすることにした。

『あまり義兄《あに》上と仲良くしないでね』と。

婚約者である私の願いをレティーは理解してくれたようで、その後にレティーから義兄《あに》の話を聞くことがなくなった。義兄《あに》も私達を気遣って、あまり近づいて来なくなった気がする。

……それでいいんだ。私達は婚約者なのだから。

義理の兄と仲が良すぎるなんて、周りから何と思われるかわからないのだから。

レティーは、高位貴族専門のマナー講師をしている彼女の母君から、貴族令嬢としての行儀作法を厳しく躾けられ、誰もが認める令嬢となった。

幼い頃のように顔を赤くしたり、恥ずかしがったりと感情を表に出さなくなり、レティーの可愛さがなくなってしまった気はしたが、相変わらず美しくて聡明で、優しいレティーを私は深く愛していた。

私が一年先に貴族学園に入学してからも、休日には会う約束をして私達は仲良く過ごしていた。

そして一年が経過し、レティーが入学する年になった。


「リアン。今度、うちの遠縁で田舎の男爵家の令嬢が来ることになったわ。うちに住んで、邸《やしき》から貴族学園に通うことになるから、面倒を見てあげなさい」

母から呼び出された私は、遠縁の令嬢の話を聞かされる。

「遠縁の男爵令嬢ですか？」

「かなり遠縁で、ほぼ他人よ！　お父様が男爵に頼まれて、うっかり引き受けてしまったらしいの。貧しくて寮費を払うこともできないらしくてね。あまり評判の良くない男爵家だから、令嬢にも注意はした方がいいわ」

母は令嬢を預かることに乗り気ではないようだった。

数日後、その令嬢がうちの邸《やしき》に来て、母が乗り気でない理由がすぐにわかった。

「ミリア・ゾグラフです。ミアって呼んでくださいね」

母の彼女を見る目が恐ろしい。侯爵夫人である母は、礼儀に厳しいのだ。

「あのぉ、貴方がこの侯爵家の跡取りの方ですか？　すごいカッコいいですねー」

私達が引いていることにも気付かずに、馴れ馴れしくペラペラと喋る女。

「貴女、平民なの？　礼儀もマナーもご存じないみたいだけど？」

母がついにキレたようだ。

「だから、ゾグラフ男爵家ですってば。でも、少し前までは市井《しせい》で母と過ごしていました。母が亡くなって、父のゾグラフ男爵に引き取られたんです」

男爵の私生児らしい……。貧しいと聞いていたが、外に女がいたのか？

「……貴女。もし、侯爵家の名を汚すような真似をしたら、すぐに出て行ってもらいますから。わかったわね？」

「えっ？　……気を付けます。でも、親戚なんだから、よろしくお願いしますね！」

この女との出会いが、私の人生を狂わすことになる。


新学期が始まった。

昨日は、新入生の入学式が行われて、今日からは全校生が登校して授業が始まる日だ。

レティーも今日から登校して来るはず。

初登校のレティーを迎えに、ロバーツ侯爵家に行きたかったのだが……

「ジュリアン様ぁ。貴族学園が広すぎて迷ってしまうのですぅ。私と一緒に行ってもらってもいいですか?」

別々の馬車で行くつもりだったのに……

「リアン!　今日は初日だから、今日だけは面倒を見てあげなさい!」

「今日だけだぞ!」

「ふふっ!　ありがとーございまーす!」

学園に着き、馬車を降りて歩いていると、

「リアン様、ご機嫌よう」

レティーが挨拶に来てくれた。

会いたかったから嬉しい。制服姿のレティーはすごく可愛かった。

「レティー!　入学おめでとう。これから毎日学園で会えるなんて嬉しいよ」

愛する婚約者に会えたことが嬉しくて、思わず笑顔になる。

「こちらこそリアン様、これからどうぞよろしくお願いします」

レティーは礼儀正しくカーテシーをしたが、ミリアはあっけらかんと言った。

「ねぇー、ジュリアン様ぁ。このコは誰ですかぁ?」

この女、いちいち邪魔だな。

「私の婚約者のレティシア・ロバーツ侯爵令嬢だ」

「レティシア・ロバーツですわ。どうぞよろしくお願いいたします」

「……婚約者？　あっ、ミリア・ゾグラフです。ジュリアン様と一緒に住んでるの。よろしくね」

この女、侯爵令嬢のレティーになんて態度なんだ！

しかも、わざとらしく私の腕に自分の腕を絡めてきて本当に不愉快だ。

私の腕に触れていた、女の手を離そうとした時だった。

令嬢として完璧で、感情を表に出さないレティーが、私の腕を見て悲しそうな顔をしていることに気付いてしまったのだ。

……可愛い！　こんな表情を久しぶりに見た気がする。

レティーはこの女に嫉妬しているのか？　こんな女なんて、レティーが心配する価値もないのに。

レティーはこんな女に嫉妬するほど、私が大好きなんだな。

愚かな私は、レティーの嫉妬が嬉しくて、この女を利用することにした。

後にその行動を後悔することになるとも知らずに。


『レティー、放課後はミア、ああ、ミリアに勉強を教える約束をしているんだ。ごめんね』

『ミア？　ただの親戚で面倒を見るように言われているだけだよ。妹と変わらないから、レティーが心配する必要はないよ』

『ミアはダンスが上手くできないから、レッスンに付き合っているだけだよ』

『ミアがパーティーでエスコートしてくれる人がいないって泣いているから、今回は親戚の私がエスコートを頼まれちゃって。レティーは義兄上《あに》にお願いできるかな？』

『ミアがレティーに虐められるって言ってるんだけど、そんなことしていないよね？　何もわからない子だから、優しくしてあげてほしいんだ』

レティーは私が約束を断るたびに悲しそうな表情をしていた。

こんな女に私が惹かれる訳がないのに。レティーは本当に可愛い。

しかしこんなことを続けるうちに、レティーの心は私から離れていってしまった。

こんな酷いことをしていたのだから嫌われてしまうのは当然なのに、愚かな私はそのことに気付かなかったのだ。


もうすぐ学園長主催の、学期末のパーティーが開かれる。

最近はレティーと一緒に過ごす時間が減っていたから、今回はドレスやアクセサリーをプレゼントしよう。エスコートもして、ダンスもレティーとたくさん踊ろう。

あの女ばかりを優先し続けるのは良くないだろうから。

そう考えた私は、学園でレティーに話しかけたが……

「レティー、今度の学園のパーティーだけど……」

「ジュリアン様。わかっておりますわ。ゾグラフ様を優先してくださいませ」

レティーが私に見せた表情は、誰にでも向ける貴族令嬢らしい作り笑顔だった。

「レティー、何を言ってるの？　私はレティーと一緒に参加したいのだけど」

「いいえ。私はただの婚約者。幼い頃にお互いの両親が決めただけの、ただの政略結婚の相手でしかありません。学生のうちはジュリアン様が思う方と、存分に楽しい時間をお過ごしくださいませ。失礼いたしますわ」

愛するレティーに突き放されたことに気付き、追い縋って懇願しようとするが、彼女はそのまま去って行ってしまった。

幼い頃に両親が決めただけの婚約者？　そんなことはない！　私はこんなに君を愛しているのに。レティーは何を言ってるんだ？　しかも、私の呼び方がジュリアン様になっている。リアンって呼んでくれていたのに、どうして？

ある日の休み時間、教室を移動するため、一年生の教室の前を友人と歩いていると、嫌な声が聞こえてくる。

「ねえ！　アンタでしょ？　私のノートを破いたのは？」

ミアの声だった。なんて品のない言動なんだ。

「何のことでしょうか？　ノートを破られたのはお気の毒ですが、なぜ私を犯人だと決めつけるのでしょう？　貴女のクラスも席もわからないのに」

ミアがレティーに絡んでいるようだ。

「おい！　ジュリアンの婚約者が絡まれてるぞ」

「ああ。あの女、許さない！」

友人とそんなやり取りをして、止めようと近づいて行くと……

「何よ！　私が下級クラスだからってバカにしているの？　アンタ、私に嫉妬していたじゃない。婚約者のリアン様が私を好きだからって」

「はい？　なぜ私が貴女に嫉妬する必要があるのです？　婚約者とは、幼い頃に両親が決めた家同士の契約のようなもの。私達の意思は関係ありませんし、嫉妬というような感情は持っておりませんわ。貴女は、貴族の婚約を何だと思っているのです？」

レティーがミアに話している内容を聞き、私は奈落の底に突き落とされた。

レティーは私に対して、嫉妬という感情すら持っていないってことなのか？

その時、ミアが私に気付いたようだ。

「酷いわぁ。私が元平民だからって！　あっ、リアン様ぁ。レティシアさんが虐めるのですぅ」

「あら、ちょうど良かったですわ。ジュリアン様、貴方の大切なゾグラフ様のノートが破られて困っているようですわ。助けてあげてくださいませ。……ご機嫌よう」

「レティー？　何を言って？　私が大切なのはきみ……」

レティーは友達と連れ立って行ってしまった。

レティーの友人達や、その場にいたほかの生徒達の視線が冷たい。

この時になって私は全てを理解した。レティーの心は私から離れてしまったのだと。

そして、あの女は被害者ぶりながら、レティーに嫌がらせをしていることも。

あの女の態度に腹を立てた私は、放課後に呼び出して話をすることにした。

レティーの話もするので、家族にその会話を聞かれたくなかった私は、あの女に話をする場を家ではなく、学園で人気《ひとけ》のない校舎の裏庭にすることにしたのだが……。それが全ての間違いだった。

「リアン様ぁ！　お待たせしましたー」

放課後、あの女はニコニコしてやって来た。気持ちの悪い女だ。

「名前で呼ぶな、家名で呼べ！　私をリアンと呼んでいいのはレティーだけだ」

「あの女は私を裏で虐めるのですよぉ。それに、両親が決めただけの婚約者だって言ってましたよねぇ。私ならリアン様を深い愛で包んであげられるのに。リアン様、大好きです！」

すると、ミアは急に私の首に抱きつき、口づけをして来た。

ドン！　私は、無意識にミアを突き飛ばしていた。

「きゃあー！　酷い」

「何をする？」

「だってー、好きだからキスしたいって思うでしょ」

こっちは気持ちが悪くて吐きそうなのに、この女は悪びれる様子もない。

「うっ……。気持ちが悪くて吐きそうだ……」

「えっ？　私のこと好きじゃないの？　キスされて嬉しいでしょ？」

「私がお前みたいな、バカで下品で、大切なレティーを陥れようとする女を好きになると思うか？　今すぐ死んでほしいくらい大嫌いだ」

「ウソよ！　私を大切にしてくれたし、あの女よりも私を優先してくれていたじゃない！　私を侯爵家のお嫁さんにしてよ。私にはリアン様しかいないの」

お嫁さん？　絶対にありえない！

しかし、この女を勘違いさせたのは、私の手落ちだ。

「親戚として頼まれたから面倒を見ただけだし、大嫌いだから、今すぐにでも家から出て行ってくれ！　お前は、私のレティーを傷つける害虫でしかない」

「酷い！　私はこんなに好きなのに。……でも、残念でしたぁ。さっきキスしているところを、リアン様の大切な人に見られちゃいましたねぇ」

レティーが見ていた？

「いい加減にしろ！」

「本当ですよー。実は……、放課後にリアン様に呼び出されて告白されそうだから、見に来てくださいって、あの女に知らせておいたの。そしたら、あの陰から見てましたねぇ。キスしたら、すぐにいなくなっちゃいましたけど……。だから諦めて私にしません？」

私から呼び出されているからと、レティーに見に来るように伝えていた？

その時に気付いた。私がこの女を利用しようとして、反対にこの女から利用されていたことに。

私はなんて愚かなんだ……

今すぐにレティーに謝りに行かなければ！

ギャーギャー言っているミアを無視して、急いでレティーの家に行ったのだが……

「お、お嬢様が……、お嬢様が落ちて……。いやぁぁー。お嬢様ぁーー！」

メイドが取り乱して叫んでいる声が聞こえる。慌てて駆けつけ、部屋をのぞくと部屋にいると思っていたレティーの姿が見えない。

レティーはバルコニーの下で、血を流して倒れていた。

私のせいなのか？　私がレティーを裏切るようなことをしたから、死のうとした？

レティー、早く目覚めて私を叱ってほしい。

殴られようと、罵倒されようと、無視されようと、この先ずっと愛されなかったとしても、私の一生をかけて償うから、私から離れないでくれ。

私はレティーを愛しているんだ。

第二章　記憶喪失になったら、ブラコンになりました。

元社畜だった私は、日に日にブラコンになりつつあった。

しょうがないよね。お兄様はカッコよくて優しいんだもん。

どうして兄なんだろうなぁ。せめて従兄妹とか、幼馴染が良かったよね。

このままこの家の娘でいたら、いずれはお兄様のお嫁さんが来るわけでしょ？　私はお嫁さんに優しくできるかな？　大好きなお兄様が取られちゃったって、嫁いびりしちゃったりするのかな？

ああ、中身はいい歳の元社畜なのにー！　悩み事が小さいぞー。

一人でもんもんと悩んでいると、ドアがノックされる。

「シア！　ただいま。具合はどうだ？」

キター！

お兄様が帰ってきたことが嬉しくて、表情がだらしなく緩みそうになる……のを何とか我慢する。

「お兄様、お帰りなさいませ。私は今日も元気です」

「本当か？　頭とか痛くないか？」

きゃー！　お兄様、私のおでこを触らないで！

お兄様の美しすぎる顔が近すぎて辛いの！

「だ、大丈夫です」

「シア、顔が赤いぞ。熱か？」

違うの！　イケメンに触られて、恥ずかしいだけ……とは言えない。

「もうお兄様！　私を子供扱いしないでください。元気ですわ」

「ふっ！　そうか、元気なら良かった。そうだ、今日は天気がいいから、テラスでお茶にしないか？　また美味しいスイーツを買って来たんだ」

私に、お兄様からの誘いを断るという選択肢はない！

「はい、ぜひ！　お兄様がお誘いしてくださるのを、私はいつも楽しみにしていますの」

「……シア、それは本当にそう思ってくれているのか？」

「本当にそう思っていますわ。お兄様がいてくれて、私は幸せですから」

「……」

あれっ？　お兄様が黙っちゃった。私の本音なんだけど、言わない方が良かったかな？

最近は、少しだけイケメン兄に慣れてきたから、私のお兄様への愛情を惜しみなく伝えることにしているのだけど。

「……シア、ほかの男に可愛く微笑んで、そんなことを言ってはダメだぞ。勘違いして、監禁されてしまうかもしれないから注意しろ」

言い方を間違えると監禁されるってこと？

ええー！　何も知らずにいたけど、実は怖い世界なんだね。

「……はい。気を付けます。お兄様、ごめんなさい」

「わかればいいんだ。でも、もしシアに何かあれば、私が守ってやるからな。安心しろ」

あー、もうダメ。もうブラコンでいいや。

「お兄様、私は幸せ者です……」

お兄様にエスコートされて、私はテラスに移動する。すっかり体調が良くなり、怪我も治ったので、自然に歩けるようになったのだ。

そろそろ普通の生活に戻っても平気そう。

お兄様は、今日も美味しそうなケーキをたくさん買って来てくれていた。

店に行けない私が、いろいろな種類のケーキの中から好きな物を選べるようにしてくれているみたい。余った分はメイド達に差し入れとして渡しているんだって。エレンやほかのメイド達が、お兄様に感謝していたんだよね。

ハアー。我が兄ながら、なんていい男なの！

「お兄様、とっても美味しいですわ。ありがとうございます」

「ああ。シアが喜んでくれて、私も嬉しい」

お礼を伝えると、お兄様は太陽以上に眩しい笑顔を見せてくれる。これは私にとって、最高の目の保養だと思っている。

「こうやってお兄様が私をたくさん喜ばせてくれるので、私はすっかり元気になりましたわ。お兄様がいてくださって良かったです」

「シア……、それは本当か？　私がいて良かったと思ってくれるのか？」

「もちろんですわ！　お兄様がいなければ、私は一人で塞ぎ込んでいたかもしれません。お兄様には本当に感謝しているのです」

すると、私の手の甲にお兄様の大きな手が重ねられる。

コレは何なの？　また私の心臓がドクドクしてきた。

「私もシアがいないとダメなんだ……。シアが幸せなら私も幸せだし、シアが悲しんでいると私も悲しくなる。元気なシアがいてくれたら、それだけで私は幸せだ」

このお兄様なら私なんていなくても、最強の見た目と優秀な頭脳で、幸せな人生を生きていくことができそうだけど……

それよりも、顔が火照って熱くなってきた。

お兄様といると、まるで誘惑でもされているかのような気分になるよね。

実の兄が魅力的すぎて辛い……

「ところでお兄様、私は食欲もありますし、しっかりと歩けるようになりました。すっかり元気になれたと感じています。そろそろ学園にも復帰した方が良いかと思うのですが」

あれ？　お兄様の表情が険しくなってきたぞ。

「シアは学園に戻りたいのか？　私は無理に行かなくてもいいと思っている。シアには辛い思いをさせたくないんだ。元々、シアは成績優秀だったし、学園に行かなくてもテストで合格すれば卒業が認められるんだ。このまま家で家庭教師を付けて勉強して、学園にはテストを受けにだけ行ってもいいんだぞ」

お兄様は、学園で私に何か辛いことでもあったかのような言い方をしている。

「お兄様。記憶を失う前の私は、学園生活をあまり楽しんでいなかったということですか？」

「もっと落ち着いたら話そうと思っていたのだが……。知りたいか？　でも、ショックを受けるかもしれない」

うーん……、怖いけど気になる。でも、これを知らないと前に進めない気がするんだよ。

いつまでも、引きこもりでいられないし。

「何があったのかを話してほしいですわ。お願いします」

「わかった……。でも、辛いようなら途中でやめるからな。私はシアが悲しむのだけは嫌なんだ」

なんて……、なんて素敵なお兄様なの。ここまで妹に優しいお兄様が側にいてくれるなんて！

「優しいお兄様が守ってくれるのですよね？　私は平気ですわ！」

「……っ！　わかった。シアが辛くても、私が側にいて守るからな」

イケメンが守ってくれると言っている……

なんて幸せなの！

私は心が満たされて思わずニヤニヤしそうになっていたけど、反対にお兄様は深刻な表情になっていた。

「シアは成績優秀だったし、友人もたくさんいて、それなりに楽しい学園生活を送れていたと思っていたのだ……。問題があったのは、同じ学園の一つ上の学年に在籍している、シアの婚約者のことだ」

……えっ？

「私に婚約者がいたのですか？　知りませんでした」

「義父上《ちち》も義母上《はは》も私も、シアが記憶喪失になってからそのことを言わなかったからな。その婚約者なんだが、邸《やしき》で親戚の令嬢を預かっているらしくて、最近はシアよりも、その令嬢を優先していたんだ。どうやらその令嬢と恋仲になっているようだ。休日や放課後、パーティーまでその令嬢を優先して過ごしていたし、学園でも腕を絡めて一緒にいる所を見たことがある」

ええー、それって浮気？　私、相手にされてなかったの？　捨てられたってこと？

「そうですか。婚約者の方は、心変わりしたのですね」

「……ああ。恐らく、記憶を失う前のシアはそのことで悩んでいたのだと思う。あの日、バルコニーから転落する前に、婚約を解消したいってシアは泣いていたんだ」

私が泣いていた……？　この私が？

記憶喪失になる前の私は、そこまでその婚約者が好きだったってことなの？

このお兄様以上に、私の婚約者はいい男だったのかしら？

「その時の私や義父《ちち》上、義母《はは》上は毎日多忙だったから、シアとゆっくり会話することもなくて、シアがそこまで悩んでいることに気付けなかった。今更だが後悔している」

イケメンお兄様が悲痛な顔をしている。

私をそこまで心配するほど、大切に思ってくれていたのね……

それだけでお腹いっぱい、胸いっぱいだわ！

「そんなことがあったのですね……。お兄様やお父様、お母様には迷惑を掛けてしまいましたね」

「迷惑？　そんなことはない！　家族みんながシアを愛しているんだ。だから今後、また何か辛いことがあったら、その時は隠さずに私達に相談してほしい。言っただろう？　シアの幸せは、私の幸せでもあるのだと」

「お兄様……！」

ああ、もうお兄様に溶かされてしまいそう。誰か助けて！

だけど、金持ちの美少女に生まれて、兄はイケメンで、人生勝ち組だと思っていたのに、なかなか現実は厳しいってことなのね。

「もし婚約者と婚約解消したいなら、義父《ちち》上も義母《はは》上もすぐに動いてくれるようだ。それに私は、あの男の不貞の証拠を持っているから何の心配もない。シアの気持ち次第で、私達がすぐに解消してくるから、その時は言ってほしい」

不貞の証拠ですって？　このお兄様は、どこまで万能な人なの。

カッコいいだけでなく、こんなにも頼り甲斐のある人だなんて、私をどこまでブラコンにさせれば気が済むのよ。

このお兄様がそこまで言ってくれるなら、私は迷わないわ！

別に好きな人がいる婚約者なんて要らないよね。

自分が惨めになるし、今の私は全く覚えてないから未練もないし。

それよりも今の私は、目の前のイケメンお兄様を観賞している方が幸せ！

「お兄様。私はその婚約を解消したいと思います。お父様やお母様、お兄様には迷惑をおかけすると思いますが、ほかに愛する人がいる方と結婚しても、幸せになれないのはわかっていますから。婚約解消をお許し頂けますか？」

「……わかった。義父上《ちち》と義母上《はは》には私から話しておく。後のことは、全部私に任せてほしい。全て片付いて落ち着いたら、学園復帰の計画を立てよう。シアと一緒に学園に行くのが、今から楽しみだな！」

あー、お兄様の笑顔は今日も尊いわ。

神様、ありがとう！　私、婚約解消しても負けないから！

その数日後、両親とお兄様が三人で婚約解消の話し合いをするために出掛けて行った。

ソワソワすること約二時間……

「シア、ただいま！　全て片付いたぞ。相手有責で婚約解消して、慰謝料もガッポリだ！」

「……うっ！」

「……シア？　どうした？」

笑顔のお兄様の顔がこんな近くにある！　何で抱きしめられているのー？

……鼻血出たらどうしよう？

「クリス！　自分が嬉しいからって、急にシアを抱きしめたら驚くでしょ」

「あっ！　シア、すまない」

「お、お兄様。いろいろありがとうございました」

ふぅ。鼻血は大丈夫だったようだ。良かった！

「シア。お父様もお母様も、今後はシアが望まない婚約はさせないからな。だからもう無理はしなくていいのだよ」

「お父様、ありがとうございました。そして、心配をおかけして申し訳ありませんでした」

「気にしなくていいんだ。これからは、シアの幸せをみんなで探していこう」

私にベッタリで激甘なお兄様の陰に隠れてしまいがちだけど、お父様も優しい人なのよね。

婚約者とは上手くいかなかったけど、家族関係は良好だと思う。

だから、これからは前向きな気持ちで頑張っていけたらいいな。

その後、いつものようにお兄様と二人でお茶をすることにした。

「お兄様、私の婚約解消の話し合いですが、大丈夫でしたか？　こちらで、いくら不貞の証拠を提示したとしても、慰謝料を払いたくない人や、不誠実な方などは、すんなりと話し合いに応じてくれないと思うのです。お兄様達がなかなか帰って来られなかったので、話し合いが難航しているのではないかと不安になりながら、今か今かとお帰りをお待ちしておりましたわ」

お兄様は優しく頭を撫でてくれる。

今日もお兄様との距離が近いわ……

「シアが心配するほどのことはなかった。不貞の証拠はたくさん持っていたし、あの男の両親はまともな人達だったから、シアに謝罪までしてくれた。あの男には、シアに関わらないようにと義父《ちち》上から念を押してもらったから、今後は近づいて来ることはないだろう。もう大丈夫だ」

ハァー……。私好みの声で、そんなに優しい口調で言われてしまったら、キュンとジーンが同時にやってきてしまったよ。

「お兄様、本当にありがとうございました。ここまでしてくださったお父様やお母様、お兄様のためにも、私、頑張ります！　これからは、素敵なお兄様の妹として、恥ずかしくないように生きていきたいですわ」

「……シア。もう頑張らなくていい。シアはそのままで私の自慢なんだ。これからは、二人で幸せに生きていこうな」

お兄様の甘い言葉で意識が飛びそうになっている間に、私は今日二度目のハグをされていた。

婚約を無事に解消した私は、いよいよ学園復帰を目指してマナーやダンス、勉強の復習をすることにした。

お兄様が勉強を教えてくれるのだが、勉強内容や文字は覚えていたので安心した。

ダンスやマナーも体が覚えていたが、自分自身や人間関係は綺麗に忘れてしまっているようだ。

友人や先生のことも忘れているので、お兄様が放課後に私の親友達を連れて来てくれた。

私にとっては初対面に感じたが、友人達は私の顔を見て本気で喜んでくれているのがわかった。

友人達の目からは、優しさと温かさのようなものが伝わってきたからだ。

「ティーア、元気になって良かった。事故に遭って寝込んでいると聞いて、本当に心配したのよ」

銀髪に水色の瞳の美女、ルイーゼは私の一番の親友らしい。

「記憶がないってティーアのお兄様が言っていたけど、私達が守るから大丈夫よ！　学園復帰を楽しみにしてるからね」

クリクリの緑の瞳に、鮮やかな金髪のお人形さんみたいな子がルルーシア。

「クラスの子達もみんなティーアを待ってるわ。また一緒に勉強しましょう！」

紫の綺麗なストレートヘア、懐かしい黒目に知的な雰囲気の美人がリリアナ。

親友達と一緒にお茶をしてみたら、みんな話しやすい人だとわかって良かった。

多分、学園では楽しく過ごせそう。

学園復帰が楽しみになってきたぞ！


親友達が帰った後、私はお兄様にお礼を伝えに行くことにした。

お兄様の部屋を訪ねると、私が来るとは思わなかったようで、あのお兄様が驚いたような顔をしている。

いつも表情の一つひとつが完璧なお兄様なのに、こんな表情もするのね。

ふふっ、可愛いなぁ。

「シア、どうしたんだ？」

「お兄様。先程、ルイーゼ達が帰りましたので、その報告に来ました。私は、親友達の記憶も失っていましたが、今日はみんなに会うことができて嬉しく思いましたわ」

親友に会えて嬉しかったことを話すと、お兄様の表情が柔らかくなるのがわかった。

「そうか……。それは良かった」

「学園に復帰することを望んだのは私でしたが、それでも多少の不安はあったのです。でも、親友達の顔を見たら、安心できて、学園に復帰するのが楽しみになりました。これも全てお兄様のお陰です。お兄様……、ありがとうございました」

「シア……」

……えっ？　私は今、またお兄様にギュッと抱きしめられているの？

お兄様の程よい長身に、締まった体、そしてフワッと香るいい匂い……

今日もこの色気はヤバい！

うおぉー、鼻血が出たらどうしよう！

「シア、良かったな……シアが嬉しいことは、私も嬉しい。学園に行っても、私がシアを守るからな」

神様は、私にブラコンをこじらせて死ねと言っているらしい。

「……シア？　顔が赤いが、久しぶりに友人達に会って、疲れて熱でも出たのではないか？」

「お兄様……、確かに私はいろいろと嬉しすぎて、少し疲れたのかもしれません。……少し部屋で休んできます」

「それは大変だ！」

気付くと私はお兄様にお姫様抱っこされて、自分の部屋に運ばれていた。

過保護なお兄様は、その日から三日間、私がベッドから起き上がることを許してくれなかった。

それから数日後、学園に復帰する日が決まると、お兄様は、学園での注意事項を紙にびっちりと書き込んで持って来てくれた。

「シア。学園で注意しなければならない人物がいる。それは、シアの元婚約者の浮気相手の女だ」

「はい。わかっております」

「その女は一方的に僻《ひが》んで、可愛いシアにまた絡んでくるかもしれない。もし何か嫌がらせをされたら、すぐに私を呼ぶように。授業中だろうと、テスト中だろうと、殿下に酷使されていようと、先生方に呼び出しを受けていようとも……、私はいつでもシアの元に駆けつける。私の一番はシアだ。シア以上に優先すべきことは何もない。学園でもそれを忘れないでほしい」

いやいや、授業もテストも呼び出しも大切だから、そっちを優先してよ……と、冷静に考える自分がいる一方で、真顔で私が一番だなんて言われて、浮かれそうになる自分もいる。

顔がニヤけてしまわないように、頑張って平常心を保たないと。

「お兄様、ありがとうございます。しかし、お兄様にもやるべきことがたくさんあることは理解しています。お兄様の学業の妨げにならないように、私は気を付けて行動するようにしますわ」

「シア、そんな寂しいことを言わないでくれ。私はいつだってシアに頼られたいんだ。……そういえば、そのほかに注意すべきことがあったな。令息達には気を付けろ。親切そうに近付く者も警戒するように」

令息？　学園にたくさんいると思うけど、何か心配なの？

「お兄様、令息は学園にたくさんいますが……」

「シア。元婚約者みたいな酷い男は、世の中にはたくさんいる。可愛くて、隙だらけのシアは変な男に狙われるかもしれないだろう？　そのことに気を付けろということだ」

「……そうですね。私、もう男性のことで失敗したくないので、気を付けますわ」

お兄様は非常に心配性らしく、その後も学園で注意すべきことの説明が延々と続くのであった。


そして、学園に復帰する当日を迎えた。

復帰する数日前から、エレンやほかのメイド達が張り切り、私の髪の毛やお肌の手入れを念入りにしてくれていたのだ。

「お嬢様。髪型はどういたしましょうか？」

「エレンが綺麗にトリートメントをしてくれてサラサラだから、全部はまとめないでほしいわ」

「では、ハーフアップにしますね。今まではきっちりとまとめていましたが、お嬢様の髪は美しいので、もったいないと思っていました。ハーフアップもきっとお似合いですわ」

なるほど……。今までは真面目な優等生みたいに、ピシッっと髪はまとめていたのね。

そういえば、お母様はマナー講師らしいから、身だしなみには厳しかったのかもしれない。

でも、今までの私とは中身が違うのだし、髪型くらい変わってもいいよね。

この前、うちに来てくれた親友達も、全然堅苦しい感じはしなかったし、何も問題ないと思うの。

エレンはサイドを緩く編み込みしてから、ハーフアップにまとめてくれた。

さすが、美少女だけあってどんな髪型をしても似合うわ！

私は心の中で、こっそりと自分を褒めていた。

でも、センスのいいエレンがやってくれたおかげだよね。

「エレン、どうもありがとう！　素敵だわ。学園に行くの、少し緊張していたけど、こうやってエレンが可愛くしてくれたから、頑張れるわね」

エレンの表情がパァーっと明るくなる。一生懸命で、本当に可愛いコだなぁ。

「お嬢様。そんな風に言ってくださるなんて私は幸せです。今日はお嬢様が学園から帰ってくるのを邸《やしき》で楽しみに待っていますね。どうかお気を付けて。具合が悪くなるようなら、無理せずにすぐに帰って来てください」

「ありがとう。行ってくるわね」

品の良いロングワンピに、リボンがついた紺色の制服は、なかなか可愛いデザインだ。

そして……

「シア、行こうか」

なんと、イケメンのお兄様と一緒に登校するのだ！

異性と一緒に登校って、楽しい青春って感じ。

またニヤけてしまいそうになるのを何とか我慢する。

「はい。お兄様、今日からよろしくお願いします」

「ああ。シアと一緒に学園に行けるようになるなんて嬉しいな。シア、お手をどうぞ」

きゃー！　エスコートしてくれるのー？

ヤバいなぁ。気をしっかり持たないと、興奮して鼻血が出てきちゃうレベルだわ。

お兄様は馬車に乗り込む私の手を引いて完璧なエスコートをしてくれた。

朝から幸せすぎて締まりのない顔になるのを必死に我慢しているうちに、馬車が学園に着いたようだ。

先に降りたお兄様が、また私の手を取ってエスコートしてくれる。

ハァー……。私、お兄様にすっごい大切にされている。

勘違いするな私！　勘違いは痛いぞ私！　妹だから優しくされているんだ！　自惚れは敵だ！

表情が緩まないよう、鼻の下が伸びないよう、気を付けなくちゃ。

馬車から降りた私の目に入ってきたのは、○○サイユ宮殿のような素晴らしく豪華で大きな建物だった。

マジか？　これは迷子になりそうだわ。

「シア？　大丈夫か？」

「……あっ。お兄様、ごめんなさい。学園があまりにも広くて大きくて、驚いてしまいました」

「学園の記憶も失くなってしまったようだが、何の心配もない。私がシアの教室まで連れて行くし、帰りも教室まで迎えに行く。はぐれないように、手を繋いで行こうか」

そんなステキな笑顔で、朝からあんまりドキドキさせないでー！

しかも、手まで繋いでくれるの？　幸せすぎて死んだらどうしよう。

今日も私の心臓の鼓動が忙しそうにしているけど、頑張れ心臓！

私はまだ死にたくないから、このドキドキに耐えてね。私は楽しい金持ちライフをもっと楽しみたいのだからね。

自分の心臓にエールを送りながら、イケメンお兄様と手を繋いで、校舎に向かって歩き出す元社畜こと、私。

お兄様と教室に向かって歩いていると、ほかの生徒達にやたら見られていると気付く。

やっぱり……この歳にもなって兄妹で手を繋いで歩くのは、ブラコンで厄介な妹だって思われているかな？　こんなカッコいい兄を、あのブラコン妹が独占していて見苦しいって思われている？

これって、お兄様にすごい迷惑を掛けちゃっているよね……？

「あの……、お兄様」

「どうした？　気分でも悪くなったか？」

うー、そんな優しい目で見ないでー。

「ここまで来たので、後は一人で大丈夫です。南校舎二階の１Ａですよね？　一人で行ってみようと思います。忙しいお兄様の手を煩わせてしまって、申し訳ありませんでした」

「ダメだ！」

優しいお兄様の顔が急に怖くなる。

えー、怒らせてしまったの？

「お、お兄様。迷惑をお掛けして申し訳ありません。これ以上は悪いので……」

「……迷惑？　そんなことはない。シアのかける迷惑なんて、可愛いから嬉しいくらいだ」

ポッ！　顔が熱くなるのがわかった。またそんな嬉しいことを……

「シア。君と元婚約者が破談になったことは、学園中の噂になっている。だから、悪意を持った悪い虫がたくさん近づいてくるかもしれない。そんなシアを一人で歩かせられないし、私がシアを守ると約束しただろう？　だから、こうやって手を繋いで一緒に行こうな」

ああ、今日も尊い笑顔。

そんな風に言われてしまったら……

「……はい」

もう、学園一のブラコンと呼ばれたっていいや！

少し歩くと1Aの教室が見えてくる。あそこが私の教室らしい。

お兄様は教室の入口まで来てくれた。

「シア。帰りは迎えに来るから、必ずこの教室で待っていてほしい。それと、お前の元婚約者と恋仲だった女狐がFクラスにいるって話をしたよな？　シアはその女狐の顔を知らないだろうから、お前の友人達に聞くといい。あの女狐には注意しろ。一人では行動しない方がいいな。私は3Aにいるから、何かあれば、すぐに呼ぶように。じゃあ、シア。また後で！」

私の額に一瞬チュッとキスをして、お兄様は去って行った。

「…………」

急に降ってきたキスに放心状態になっていると、早速、私の親友達が助けてくれる。

「ティーア、大丈夫？　しっかりして」

「あのお義兄様《にい》も、ティーアが大好きだからって初日から飛ばしすぎよ」

「ほら、ティーアの席はこっちよ」

面倒見の良い親友達がいてくれて助かったよ。

そしてほかのクラスメイト達とも元から普通に仲が良かったらしく、事故で記憶を失った私に対して改めて自己紹介してくれた。心遣いが嬉しかった。

「ロバーツ様。私達、ずっとロバーツ様を心配しておりましたのよ。これから私達もロバーツ様が早くクラスに馴染めるように協力いたしますわ」

「ロバーツ嬢、何かあれば私達にも言ってほしい。あのFクラスの女生徒がこのクラスに来ることがあれば、みんなで追い払おうと話していたんだ。同じクラスの仲間なんだから、これからもよろしく！」

Aクラスの人達はご実家の爵位が高い人が多いと聞いてはいたけど、確かにどの方も育ちが良さそうな高貴な雰囲気が漂っているように見える。

私みたいにだらしなく表情が緩んでいる人は……いないわね。

でも、みんな落ち着いていていい人達みたいだから良かった。

「皆様からそのように声を掛けていただけるなんて、私はとても幸せですわ。いろいろと至らない私ですが、どうぞよろしくお願いいたします」

クラスメイトや先生方に挨拶をしたり、休んでいる間の学習内容について確認していると、あっという間に昼休みになっていた。

金持ち学園の昼食は、リッチな結婚式場のような食堂で、何種かから選べる簡易的なコース料理だった。

「あれ？　ティーア、サーモンは残すのかしら？」

「魚料理が少し苦手なのよね」

何となく選んでしまったけれど、私は魚より肉派だからね。

「えっ！　前はあんなに好きだったのに、食の好みまで変わるのね」

記憶喪失前の私はサーモンは好きだったらしい。

知らなかったなぁ。

「ふふっ。嫌いなものは、無理しないで残せばいいのよ」

ルイーゼはサッと手を上げて給仕を呼び、私が残していたサーモンのお皿を下げてもらっていた。

親友達は私の変化に気付きつつも、笑い飛ばしてくれるから嬉しかった。

私は婚約者には恵まれなかったかもしれないけど、友人には恵まれていたようだ。

ランチを食べ終わった後、親友達が校舎を案内してくれた。

広くて豪華な校舎は、さすが貴族が通うための学園だと思う。

庭はよく手入れがされている。入場料を払って見学する庭園のようだ。

図書室なんて、蔵書の数が半端なくて、天井は高く広々とした空間になっていた。

面白そうだから、今度時間のある時に何かおもしろそうな本を物色しに来ようかなぁ。

「慣れるまでは一人で学園内を歩かない方がいいわね。今のティーアだと間違いなく迷子になってしまうわ」

「うん……。確かに私も迷子になる予感があるわね」

「あのお義兄《にい》様からは、義妹《いもうと》を一人にしないでほしいと言われていたけど、確かに今のティーアを一人にするのは危険ね」

んっ？　お兄様が私の親友達にそこまで話をしてくれていたの？

「お兄様はそんなことを言っていたの？」

「そうよー。ティーアに近づく人がいたら、男女関係なく教えてほしいとまで言われているわ。ふふっ……。口数が少なくて冷静なお義兄《にい》様に見えていたけど、ティーアのことになると実はあんなに熱い方だったのね。知らなかったわ」

お兄様は、何をそんなに熱く語ったのだろう？

「でも、あのお義兄様《にい》が心配する気持ちはわかるわ！　今のティーアは、何だか隙だらけって感じで放っておけないもの。前はみんなのお姉様みたいだったけど、今は可愛い妹になってしまったわよね」

「いいじゃない。隙だらけのティーアと無敵のお兄様は、なかなか面白い組み合わせよ」

自分ではそう思っていなかったけど、根がダラダラしていて楽するのが大好きな性格だから、隙があるように見えているのかな……？

前の私が、友人達の前ではお姉さんキャラだったことも意外だなぁ。

親友達と校舎内を見て歩き、そろそろ教室に戻ろうかと話していた時だった。

「ちょっと！　アンタ、ずっと見てなかったけど、学園をサボっていたの？　まあ、そんなことはどうでもいいんだけど。あのさー、アンタのせいで、私はリアン様の邸《やしき》を追い出されて大変な思いをしているのよ！　絶対に許さないから！」

えっ？　この世界に転生して初めてこんな口調で喋る人を見たんだけど……誰なのこの人は？

思わずルイーゼ達の方を見ると、意味深に微笑んでいる。

もしかして、この人がお兄様の言っていた『女狐』？

「あらあら……、貴女は確かFクラスの御令嬢だったかしら？」

「確か、男爵家の方だったかと。友人でもないのに、貴女のご生家より爵位が高い私達に馴れ馴れしく話しかけてくるなんて、いまだに貴族としてのマナーを知らないのね。本当に残念な人だわ」

いつもは優しいリリアナとルルーシアの目がちっとも笑っていない。

こんなに冷たい声が出るんだー。

なるほど！　貴族は、こうやって無礼に絡んでくる人に対応するのね。勉強になるなぁ。

「はあ？　私はアンタ達に話してないのよ！　リアン様に捨てられた、その女に話をしてるの」

リリアナ達にあんなにスパッと切り捨てられたのに、この人は全然怯《ひる》まないのね。

すごい根性だわ。

これくらいじゃないと、この学園ではやっていけないってことなのかもしれないわね。

私も強くならないと……

「ちょっとアンタ、聞いてるの？」

「あの……、名前をお伺いしても？　私とは知り合いだったのですか？」

名前すら知らない人だし、絡まれる理由もわからない。とりあえず名前を教えてもらおうかと考えたのだが……

「ぷっ！」

「……っ！　ふふっ」

あれ？　ルルーシア達が噴き出している。

「はあ？　アンタ何言ってんの？　私よ！　アンタの婚約者リアン様の恋人だったミリアよ」

「まあ、貴女でしたか！　私はもうジュリアン様の婚約者ではないので、どうかお二人でお幸せになってくださいね。思い合う二人を邪魔することは絶対にしませんから」

「ぷぷっ！　くっ！」

親友達はなぜ笑うの？

「何なのよー！　私をどこまでバカにするの？　アンタさえいなければ、私は今頃……」

その時、背後から低い声が響いてくる。

「おい！　シアに近付かない約束だったはずだが？」

えっ、お兄様がなぜここに？　しかも、こんなに恐ろしい殺気を放つお兄様は初めて見たんだけど。

イケメンが怒るとこんなに怖いのね。

ミリアさんは心底怯えたように言った。

「ひっ！　どうしてここにいるの？」

「どうしてだと？　私もこの学園の生徒なのだから、いるのは当然だろう。お前はそんなにゾグラフ男爵家を潰されたいのか？」

「ち、近付かない……です」

「さっさと失せろ！」

ミリアさんは走って逃げて行った。

「シア！　女狐に絡まれているって聞いて急いで来た。何かされなかったか？　怪我は？」

私の方を向いたお兄様はさっきの恐ろしい表情と怖い口調が嘘のように消えて、いつもの優しい心配性のお兄様に戻っていた。

「はい。急に絡まれて驚きましたが大丈夫です。お兄様、助けに来てくれてありがとうございました」

「シアのことを守るって約束だからな。何もなくて良かった。あの女狐は危険な奴だから、この後も気を付けるんだ。……あっ、私はそろそろ行く。またな！」

間違いない！　私のお兄様は世界一ね。

「最近のティーアは、お義兄様《にい》と仲良くしているのね」

「ふふっ！　ティーアの反応が面白くて、笑いを堪えるのが大変だったわ！」

復帰初日は、楽しく過ごせて良かったな。

しかし、あの女狐ミリアさんは想像していたのと違う人だった。

黙っていれば可愛いのかもしれないけど、私の親友達の方が断然可愛いし、私の元婚約者は彼女の何に惹かれたのだろう？

もしかして……、ちょっと小柄で幼く見えて、実は出るとこが出ている、マニア受けしそうな体型がお好みだったとか？

思わず自分の胸を見てみると……、余裕で負けているわ。今の私は、胸も含めて痩せ型だもん。

でもミリアさん、性格がすっごく悪そうだよね。あの言葉遣いは酷かったし、お兄様が撃退してくれて良かったな。

今日の出来事で、また私のブラコンレベルが上がってしまった……

学園生活は、お兄様と親友達のお陰で、何の問題もなく過ごせていた。

お兄様がいつも勉強の予習に付き合ってくれるので授業は問題なくついていけているし、クラスメイト達も親切にしてくれるから、毎日楽しい。

そんな学園生活で慣れないのは、刺繍やダンスの授業があるところ。

刺繍は貴族令嬢の嗜《たしな》みらしく、家庭科の授業のように毎週入っている。

令嬢が刺繍の授業をしている間、令息達は剣術の授業をやっているらしい。

刺繍をするより、剣術を習った方が楽しそうだし、護身術みたいで役に立ちそうだと思うんだけどなぁ。

前世であまり細かい作業は好きではなかったから、刺繍も好きになれそうにないよ。

「ティーア。記憶喪失になる前は繊細で美しい刺繍が大好きだったのに、今の貴女はつまらなそうね」

ルイーゼがため息をついた私を見かねて話しかけてきた。

「私、あまり細かい作業をするのは合わないみたいなの」

「本当に好みが変わってしまったのねぇ。興味深いわ」

記憶喪失になる前の私が、刺繍が好きだったと言われれば何となくわかる。なぜなら、体は刺繍を覚えているようで、手先が器用に動いてくれるからだ。

刺繍が上手くできなくて、苦労するってことはないから良かったけど、それでも私は全く楽しいとは思えなかった。

「ティーア。その刺繍が出来上がったら、誰にプレゼントするの？」

「えっ？　これって、誰かにプレゼントするものなの？　こんなのもらって嬉しいのかしら？」

ルイーゼはため息をついている。

「もう！　刺繍のハンカチをプレゼントされたら、殿方は嬉しいものなのよ。一針一針、貴方を思って刺繍しましたって言って渡すの」

「えー！　それって重いって思われないのかしら？」

手作りのプレゼントは一歩間違えるとドン引きされるってこと、私だって知ってるからね。

「ティーア……、誰にでも渡せばいいってことではないの。大好きな家族や、いい感じの異性の友人や恋人、あとは婚約者とかに渡すのよ」

「ええー！　じゃあ、私は不貞していた元婚約者に渡していたの？」

別れた後、手作りのプレゼントが相手の手元に残っていたらなんだか嫌だなぁ。

「あら、それは大丈夫よ。もう元婚約者に何の未練もないようだから、正直に話をさせてもらうわね。記憶を失くす前のティーアは元婚約者との関係を諦めていて、授業で制作した刺繍のハンカチを渡してはいなかったわよ。孤児院に寄付するって言っていたわね」

「良かったー！　記憶喪失になる前の私、ちゃんと冷静な判断ができていたのね」

ホッとする私をみて、ルイーゼが微笑んでいる。

「ティーアは元婚約者のことを綺麗に忘れているようだし、前向きになっているようだから安心したわ。ところで……、今作っている刺繍のハンカチだけど、ティーアのお義兄《にい》様にプレゼントしたらいいと思うわよ」

「お兄様に？　これを渡すの？」

「そうよ。仲良しなんだし、いつもお世話になっているからって言ってプレゼントすればいいじゃないの」

うーん……。大好きとはいえ、実の兄にコレを渡すの？　何だか抵抗があるなぁ。

「あのお義兄《にい》様なら、絶対に喜んでくれるはずよ。騙されたと思ってプレゼントしてみなさい」

後日、ルイーゼ達は出来上がった刺繍のハンカチを、ピンクの包装紙と赤いリボンで可愛くラッピングして、私に持たせてくれた。

こんな乙女チックに可愛らしくラッピングしなくても……。絶対にワザとだわ。

私は早速、学園から邸《やしき》に帰る馬車の中で、お兄様に刺繍のハンカチを渡した。

邸《やしき》に帰ってからだとエレンやほかのメイド達に見られて恥ずかしいから、二人きりの馬車の中で渡すことにしたのだ。

「お兄様……」

「シア、どうした？」

「刺繍の授業で作ったのですが……、良かったら使ってください！」

私は恥ずかしいのを我慢して、勢いでハンカチを渡すことにした。

「……シアが刺したのか？」

「はい。もし、お兄様の趣味に合わないようなら、テーブル拭きにでも使うので……」

「開けてもいいか？」

「……はい」

お兄様は、私からのプレゼントに驚きを隠せない様子だった。

「これは……、綺麗だな。ひまわりの花か？　明るい気持ちになれる花だよな。元気を貰えるよ」

「ええ、一応ひまわりの花です」

ひまわりの花が比較的簡単そうで、すぐに終わりそうで楽だから刺繍しました……とは言えなかった。

「シア……、これは一生大切にする。人生で一番嬉しいプレゼントだ。ありがとう」

お兄様が破顔している……

こんな大したことない刺繍のハンカチ一枚もらったくらいで、そんなに嬉しいの？

前世と今世の文化の違いに戸惑ってしまうな。

「シア……、もしまた授業で刺繍したら、私にプレゼントしてくれないか？」

「ええ、こんな物でよければ、幾らでも……」

「約束だぞ！　また楽しみにしている」

お兄様は本気で喜んでくれているようだ。

私としても、大好きなお兄様が喜んでくれたなら嬉しいけど、〝人生で一番嬉しいプレゼント〟ってお兄様が言っていたのが引っかかる。

記憶喪失になる前の私は、お兄様に刺繍のハンカチを一度もプレゼントしなかったのかな？

こんなに仲が良くて、拙い刺繍のハンカチをあそこまで喜んでくれるお兄様になら、過去の私が何度かプレゼントしていてもおかしくはないはずなのに……


刺繍のハンカチをプレゼントしてから数日後の休日、のんびりと読書をしているとお兄様に呼ばれる。

「シア、ちょっと髪の毛を上げてもらえるか？」

「はい」

兄が私の背で何かしている。その後で前に来て微笑んで言った。

「……よく似合っているな。鏡で見てみるといい」

エレンが手鏡をサッと手渡してくれる。

鏡には、胸元にキラキラと輝くダイヤモンドのネックレスが映っていた。

「お兄様、これは……？」

「この前、シアに刺繍のハンカチを貰っただろう？　そのお礼に私からシアにプレゼントだ」

……うっ！　お兄様からの初めてのプレゼントがダイヤモンドだなんて心臓に悪い！

嬉しすぎて、血圧が急上昇しているかもしれない。

「お兄様……、綺麗なダイヤモンドですわ。とても嬉しいです。大切にしますね。ありがとうございます」

「シアの喜ぶ顔が見られて、私こそ幸せだ。本当はもっと大きなダイヤモンドにしようかと思っていたのだが、あまり大きくて派手だと学園に着けていくには不向きだと言われてしまったんだ。そのネックレスをシアがいつも身に着けてくれたら嬉しいよ」

もっと大きなダイヤモンドにしようかと思った？　これだって、元社畜の庶民から見たらかなり大きなダイヤモンドですからね！

それよりも、お兄様の激甘なセリフで私の顔は一瞬にして茹でダコのようになっていた。

あー、熱い。

この人は兄ではなく、私の恋人なのではないかと勘違いしてしまいそうになるよ。

実の兄に、ここまでときめいてしまうなんて……

翌日、お兄様から頂いたネックレスを着けて学園にいくと、親友達はすぐにネックレスの存在に気がついたようだった。

「あら？　シアがネックレスを着けて来るなんて珍しいわね。それはアイスブルーダイヤモンドかしら？」

「普通のダイヤモンドより、薄く青が入ったような色だからきっとそうよ。それって、かなり貴重なんでしょ？　すごいわね！」

確かによく見ると、少しだけ青が入っているような色味に見えたけど、そんなにすごいダイヤだったの？

「お兄様が、刺繍のハンカチのお礼にプレゼントしてくれたの」

「えぇー！　すごいじゃないの！」

「私の予想通りね。刺繍のハンカチをプレゼントすれば、あのお義兄様《にい》は絶対に喜んでくれると思っていたのよ」

ルイーゼが得意げに話しているけど、実際にその通りだったよね。

「ルイーゼ、ありがとう。お兄様はあんな適当に作った刺繍のハンカチを、人生で一番嬉しいプレゼントだと言って喜んでくれたわ」

「まあ！」

「キャー、あのお義兄様《にい》がそこまで喜んでくれたの？」

「ティーアはお義兄様《にい》に愛されてるのねぇ」

その日は一日中、ネックレスのことで友人達からイジられ続けた。

恥ずかしい……

◇　◇　◇

シアの怪我が治り、笑顔が見られるようになってきた。

しかし、記憶は相変わらず戻らないようで、事故の前とは別人のようになってしまった。

事故前のシアは隙のない完璧な令嬢であったのだが、今のシアは隙があるというか、性格が丸くなり可愛らしい雰囲気になった。

今のシアは、義兄《あに》である私が学園から帰るとニコニコして喜んでくれる。それが嬉しくて、学園が終わると急いで帰っているのだが、その様子を見た王太子殿下や友人達には新婚気取りか？　とまで言われてしまった。

シスコンを拗《こじ》らせた男は怖いだとか、もう義妹《いもうと》ちゃんは逃げられなくて可哀想だとか言ってくるが、幸せな私を僻《ひが》んでいる奴らの言うことなんて気にしていられない。

それよりも、私には学園帰りに王都の人気店のスイーツを買って帰るという重要な任務があるのだ。そのためにクラスの令嬢達に流行りの店を聞いたり、殿下から王室で贔屓にしている店を聞くことも忘れない。私が今一番頑張らなければいけないことは、シアを喜ばせ、元気にすることなのだ。

シアはそんな私に、『お兄様がいてくれて、私は幸せです』なんて言ってくれた。

この子は何を言ってるんだ？　この可愛すぎる天使は何なんだ？　今すぐに私の部屋に閉じ込めてしまおうか？

……いや、まだダメだ。シアが可愛すぎるからといって、理性を失ってはいけない。

今はまだ別にやることがたくさんあるのだ。

元気になってきたシアは学園に復帰したいと言い出した。

毎日、邸《やしき》で過ごすだけなのも辛いのだろう。可愛いシアを独占するために、私の部屋に閉じ込めてしまうかもしれないと考えると、学生時代はある程度は自由にさせてあげたい気持ちもある。

しかし、学園に復帰する前に、あのバカ男の話をしなくてはならない。

シアは私の発言から、学園で何か辛いことがあったのだと勘付いたようだ。あの男の話をしてシアは傷ついてしまうのではと不安になるが、『優しいお兄様が守ってくれるのですよね？』なんて、また天使のようなことを言ってくれる。

シアが可愛すぎて辛い……

そんなシアは、前に踏み出そうとしているようだった。

それなら私は、シアが悲しんでいる時、側にいて抱きしめてあげたい。泣きたい時は、泣き顔を誰にも見られないように私が隠してあげたい。

これからは私がずっとシアを守ると決めたのだ。

だから思い切って、あのバカ男のことをシアに話すことにした。

婚約者の記憶も失っていたシアは、自分に婚約者がいたことにとても驚いていた。そして、その婚約者に別に女がいると聞くと、あっさりと婚約解消したいと言う。

シアが婚約解消を望むなら、あの男の不貞の証拠を使ってシアが有利に婚約解消できるように、私が直接動こう。

やっとだ……。やっと、あの男と女狐に復讐ができる。


早速私はシアの気持ちを義両親に伝えた。

義両親は、すぐにハリス侯爵家に会う約束を取り付けてくれる。

私が義両親と一緒にハリス侯爵家に向かうと、あの男は警戒感をあらわにした。

侯爵と夫人は、私達がなぜ約束までして休日にやって来たのかわからないようで、普通に歓迎してくれているようだった。

夫妻の会話から、事故で療養しているシアを心配してくれていたことが伝わってくる。

シアはハリス侯爵夫妻にとても可愛がられていたようだ。

しかし今日は婚約解消の話に来たのだ。義父上《ちち》が挨拶をし終わった後、すぐにその話を伝えると、あの男は取り乱した。

「嫌です。私はレティーを愛しています。レティーは私の人生の全てなのです。私からレティーを取り上げないでください。お願いします！」

ハリス侯爵は困惑したように義父上《ちち》に言った。

「息子はレティシア嬢をここまで愛している。婚約解消しなければならない理由を教えてほしい」

「ハァー。娘を愛していると言いながら、なぜあんな裏切りをしたのだ？」

「……リアン、何をした？」

ハリス侯爵は、自分の息子に鋭い視線を向ける。

その視線を向けられたバカ男は、気まずそうな表情で話し始める。

「……裏切るつもりはありませんでした。レティーを傷付けたことは申し訳なく思っています。それでも、私はレティーを愛しています。彼女とやり直したいのです。お願いします」

「リアン？　レティシアちゃんに何をしたのか、ハッキリ教えなさい！」

「………っ」

私は呆れながら告げた。

「ハリス侯爵閣下。御子息は自分が何をしたのか、上手く説明できないようですので、何をしたのかがよくわかるものを持って来ています。……見ていただけますか？」

「……見せていただこうか」

ハリス侯爵夫妻とバカ男には、影が撮った映像を見せることにした。

少し前、あの尻軽女がシアに嫌がらせをしているようだと同じクラスの令嬢達が私に教えてくれたことで、ロバーツ家で雇っている影を付けて監視をさせていたのだ。

そして尻軽女を監視すれば、一緒に行動している人物まで監視できる。さすがに、侯爵家の嫡男に影を付けて直接監視はできないから、ちょうどよかった。

映像には、バカ男と尻軽女が学園で腕を絡め合って歩いている姿や、夜会で二人が何度もダンスをする姿、パーティーで二人がずっと一緒に行動している様子や、シアの前で二人がベタベタする姿、そして最後に尻軽女とキスする姿が記録されていた。

キスの後に尻軽女が突き飛ばされ、拒否されていたシーンはカットしたが、それは秘密だ。

「……違います！　誤解です！　あの女が勝手に……私にはレティーだけです！」

バシッ！

「……っ。母上？」

ハリス侯爵が話すよりも、夫人の手の方が早かったようだ。バカ男の頬が赤くなっている。

「なんて見苦しい！　リアン、私は何度も言ったわよね？　私がお茶会で、リアンとレティシアちゃんは婚約解消してリアンは男爵令嬢と付き合っているのかと、よく聞かれていると……。行動には注意するようにと何度も貴方に話したはずです。あの女相手にこんなことをして、レティシアちゃんを傷付けていたのね！」

「うちの愚息が申し訳なかった。そちらの言う通りに婚約は解消させてもらう。レティシア嬢には何と謝ったらよいのか……。本当に申し訳ないことをした」

夫人の言葉を受けてハリス侯爵は沈痛な面持ちだ。

「絶対に嫌です。私はレティーを愛している！　お願いです。どうか……」

一方、必死なバカ男は、非常にしつこかった。

「私はレティーがいないと生きていけません。私にレティーを傷付けた償いをさせてください。本当に愛しているのです。お願いです！」

諦める様子のないバカ男を、義父上《ちち》は冷たく突き放す。

「レティシアは事故のせいで記憶を失くしているのだ」

「……記憶喪失？　レティーは何も覚えていないのですか？」

「君のことも覚えていない。だから償いなんて不要だ。それよりも君に会ったら、あの辛かった日々を思い出すかもしれない。だから、もう娘には関わらないでくれ」

「嫌です。記憶を失っていても、レティーはレティーです。婚約を解消するなんて納得できません。私はレティーの側にいたいのです」

「解消が無理なら、裁判することになりますが？　婚約解消ではなく、破棄になってもいいのですか？」

私は、しつこいバカ男にイラっとして、つい口を挟んでしまった。

「婚約解消でお願いしたい。誠意として、慰謝料は払わせてほしい。リアン！　今すぐにサインしなさい」

「……っ！　私はレティーと結婚したい。私にはレティーだけです」

「そういえば……、義妹《いもうと》が事故に遭う直前の話なのですが、泣きながら婚約解消したいと言っていましたよ。そこまで義妹《いもうと》を苦しめておきながら、結婚したいなんて虫の良い話ですね？　私はあの時の義妹《いもうと》の悲しそうな顔を、ずっと忘れられないと思います」

「リアン、早くサインをしろと言っている！　これ以上、恥を晒すな！」

「……うっ。……っ」

泣きながら渋々、サインをするバカ男。

ふっ……。ざまあみろだな！

しかし、まだ終わらない。次はあの尻軽女の本性をバラしてやる！

「ハリス侯爵閣下。御子息が仲良くされている親戚の御令嬢ですが、あまりにも素行がよろしくないようです。うちの義妹《いもうと》に危害を加える可能性が考えられましたので、勝手ではありましたが、影の者に監視をさせておりました。その令嬢はハリス侯爵家の預かりでいらっしゃいますよね。御令嬢が普段何をしているのか、知る必要があると思いませんか？」

「そこまで素行が悪かったのか……。レティシア嬢を愚息と一緒にずいぶんと苦しめていたようだし、私が知る必要は大いにあるな」

「では、こちらをご覧ください」

ここで私は、尻軽女が裏でやっていた数々の映像を音声付きで見せることにした。

その映像には、自分のノートをビリビリに破いておきながらシアにやられたと言い張る姿や、自分の体を使って令息達を翻弄している姿、シアにお飾りの婚約者などと暴言を吐く姿やハリス侯爵令息は自分を好きだから婚約解消すべきだとシアに詰め寄る姿など、その醜態がたくさん記録されていた。

更に、誘惑した令息に、ハリス侯爵令息と既成事実を作りたいからと、媚薬を手に入れてほしいと頼んでいる姿までもが記録されていたのだ。

バキッ！

その衝撃的な映像を見た侯爵夫人が、扇子を折ってしまったようだ。

バカ男はブルブルと肩を震わせ、怒りを露わにしている。

私からしたら、親しくしていた女の本性を教えてあげたのだから、感謝してほしいくらいだ。

「見てわかるかと思うが、その男爵令嬢は侯爵令嬢であるレティシアを何度も陥れようとしたようだ。男爵にすぐに連絡を取り、強く抗議するつもりだ。もちろん慰謝料も請求したいのだが、いいだろうか？　親戚の君にも一応許可をとりたい」

「本当に申し訳ない。うちで預かっていた令嬢が、あそこまでとんでもない女だったとは。今すぐ男爵に連絡を取って私からすべてを伝えよう。責任は取らせるようにする」

「理解してくれてありがたい。男爵に、今後レティシアに令嬢が近付かないように念を押してほしいのだ」

「わかった！　レティシア嬢には絶対に近付かないように私からも圧力をかける。本当に申し訳なかった」

シアの婚約はこれで解消されることが決まった。


後日、ハリス侯爵が顔色を悪くしたゾグラフ男爵を連れて、うちに謝罪に来てくれた。

その場には私も同席を許可されたので、あの映像を男爵に見せた。

令嬢が今後シアに近付いたり、危害を加えたりすれば、裁判を起こしてこの映像を公開すると話すと男爵は必死に謝罪し、慰謝料を分割で支払う約束をしたのだ。

これであのバカ男とあの女が少しでも反省すればいいのだが……

しかし、これで全てが終わったわけではない。

これから、また新しい日々が始まり、シアは学園に復帰するのだ。

破談になったシアを見下すような者が出てこないか心配だが、その時は侯爵家の力を使ってでも、相手を潰してやるつもりだ。

そして私が一番気にしているのは、シアの記憶がいつか戻る日が来るかもしれないということだ。

もしシアの記憶が戻ったら、あのバカ男との婚約解消を後悔したりはしないだろうか？

あんな終わり方をしてしまったが、あの二人は愛し合っていた時期があったのだ。

それを知っていたから私はシアへの気持ちを抑え、二人を見守っていたつもりだった。

結果的にあの男は酷い裏切りをしたが、シアを諦められないようで償いたい、婚約は解消したくない、と涙を流していた。

もし、シアの記憶が戻り、あの男が自分の裏切り行為を後悔し、シアとやり直したいと望んでいたことを知ったら……？

シアはあの男との復縁を望むのだろうか？

そしてシアは、今の私との関係をどう思うのだろう？

私とシアの関係は、ここ数年お互いが無関心で会話すらない状態だった。

ただそれは表面上のことだけであって、あの男とシアの関係が悪くなることを恐れた私が、シアに関わらないようにしていただけ。本当は仲良くしたかったし、可愛いシアを独占したいとずっと思っていた。

しかし、シアの方は私のことなどただの同居人程度にしか思っていなかっただろう。

シアに記憶が戻り、実は私がこんなシスコン男だと知ったら更に嫌われるかもしれない。

刺繍のハンカチをプレゼントされて舞い上がるほどに喜び、ブルーグレーの自分の瞳の色に近い宝石のネックレスをプレゼントし、毎日着けてほしいと言って、殿下や友人達からは執着心の塊のような男だとドン引きされている私を、シアはどう思うだろうか？

私が血の繋がらない義理の妹であるシアに、恋慕していると知ったとしたら……？

その時のシアの反応を考えるだけで、私は意気消沈しそうになる。

しかし……、それでも私はシアを愛している。

この気持ちだけは子供の頃からずっと変わらない。

だからもしシアの記憶が戻り、元婚約者と復縁したいとか、私との関係が気持ち悪いとか言われたら……、その時は、私はシアの考えを優先したいと思っている。

ただ厄介なことに、最近のシアは可愛すぎるのだ。

もっともっと甘やかしたい、頼りにされたいという依存性の高い彼女の可愛さに、私は冷静さを失いつつある。

自分がこんな男になるとは思っていなかった。

義妹《いもうと》を誰にも渡したくないという気持ちだけが、日に日に強くなっていく……

第三章　記憶喪失になったら、兄がシスコンになりました。

学園に復帰して一か月以上が経過した。

「シア……。本当にすまない。私はシアと一緒に帰りたいのだが、そろそろ生徒会の仕事と、殿下の執務の手伝いに戻らなければいけないのだ。なるべく早く帰るようにするから、夕飯は一緒に食べような」

シュンとして、寂しそうに私を見つめるお兄様がヤバい……

イケメンって、こんな表情ですら人を惹きつけるほどに危険な魅力があるのね。お兄様は、上手くやれば結婚詐欺師にもなれそうだわ。

それよりも『夕飯は一緒に食べような』って、ちょっと！

まるで新婚とか、同棲中のカップルみたいじゃないの！

ニヤけるな私！　このイケメンは兄。身内。私の彼ではないの……と心の中で必死に自分に言い聞かせる。

こんなに仲良くしていても、私達は兄妹で、大好きなお兄様は、そのうちほかの誰かのモノになってしまうのだから……

「私は大丈夫ですから、お仕事頑張ってくださいね。私は先に帰って、お兄様がお帰りになるのを待っておりますわ」

ということで、今日から私は一人で帰ることになった。

寂しい気もするけど、四六時中、あのイケメンといるのも緊張するから、帰りくらいは一人でもいいのかもしれない。私の心臓にも休憩時間は必要だもの。

帰りの馬車の中で、一人でダラーっとするのもいい気分転換になりそうだよね。


授業が終わり、さあ帰ろうかという時だった。

「ロバーツ嬢。今日、君と君の義兄上《あに》との会話が聞こえてきたのだが、帰りは一人だったよな？良かったら、私と馬車停めまで一緒に行かないか？」

クラスメイトのケリー伯爵令息が声を掛けてくれた。

ケリー様は騎士の家門の令息で、長身の爽やか系イケメンだ。

私が学園に復帰してから何かと気にかけてくれる、部活でキャプテンをやっていそうな面倒見のいいタイプの人。

この方はいい感じに鍛えられた体とスポーツマンみたいな明るく健康的な雰囲気があって、サッカーが似合いそう。ヨーロッパのクラブチームにいそうな外見なんだよね。

「ケリー様、もちろんですわ」

親友達は図書館デートだったり委員会だったりで、帰りは別になるからちょうどいい。

「良かった！　じゃあ行こうか」

「はい」

ケリー様とは、世間話をしながら馬車停めまで一緒に歩いた。

普通に話しやすくて、いい人だ。

「ロバーツ嬢、また明日も帰りは一緒に行かないか？」

「ええ。大丈夫ですわ」

「本当か？　じゃあ、また明日！」

「ええ、また明日会いましょうね。ご機嫌よう」

この日から帰りはケリー様とご一緒することが多くなった。クラスメイトだし、いい人だしね。

ルイーゼ達も彼なら仲良くしても大丈夫だと言ってくれている。

自分の教室から馬車停めまで歩く時間は十分もかからないのだが、その短い時間をケリー様と一緒に歩くのは、いろいろな話ができて楽しい時間だった。

「ロバーツ嬢はスイーツが好きだと言っていたよな？　実は、うちの伯爵家が出資している店で新作のスイーツを出すのだが、良かったら学園帰りに食べに来ないか？」

新作スイーツですって？

「良いのですか？　行きたいです！」

「……っ！　君は……、もう参ったな」

「えっ？」

あれ？　ケリー様の顔が赤い。

スイーツを食べに行こうなんて誘われたら、つい嬉しくなって、勢いよく即答しちゃった……

令嬢らしからぬ行動だったよね。ちょっと反省……

「じゃあ、明日なんてどうだ？　帰りは家まで送るよ」

「いいのですか？　では、母に許可を取ってまいりますわ」

ということで、ケリー様と放課後にスイーツを食べに行くことになった。

お母様にケリー様と出かけてもいいかと尋ねると、楽しんで来なさいとあっさりと認めてくれたのだ。これで何の心配もなく、私はスイーツを食べに行くことになった。


「ねぇ、ティーア。今日の放課後、ケリー様とデートなんでしょ？」

翌日、学園に行くとルルーシアがおかしそうに話しかけてきた。

「スイーツを一緒に食べに行くだけよ」

「ふふっ。二人きりで行くんでしょ？　それはデートというのじゃないかしら？」

「ルルーシアも一緒に行く？」

「嫌よー。私は、邪魔をするつもりはないの」

二人で行くとなると、そうやって見られるものなのかなぁ。

でも、ケリー様は仲のいいクラスメイトなんだけど。

ルルーシアと私の話を聞いていたリリアナが口を開く。

「ティーア。ちょっと気になるんだけど、貴女のお義兄様《にい》はそのことを知っているのかしら？」

「お兄様は心配性だから言ってないわ。お母様も、お兄様には内緒にした方がいいって話していたし」

ルイーゼとリリアナの表情が険しくなる。

「それって、バレたら大変じゃないの？」

「ティーア、行くなら絶対にバレないように行って来なさい！」

「お兄様にはバレないわ。だって生徒会のお仕事で帰りはいつも暗くなった頃だもの。その前に帰るって、お母様と約束しているの。それにもしバレたとしても、お兄様は優しいから大丈夫よ。ちょっと心配したって言うくらいじゃないかしら？」

親友達は深い溜め息をついている……

「あのお義兄様《にい》が優しい？　優しいかもしれないけど、それはティーアに限定されると思うわ」

「お義兄様《にい》には気を付けてね、ティーア。明日、素敵な報告を楽しみにしているわよ」

「ええ！　素敵なお店だったら、今度みんなでお茶に行きましょうね」

そして放課後、ケリー様の家の馬車に乗せてもらってお店に向かうと、そこには白い壁に赤茶の屋根が可愛らしい建物があった。

まるで避暑地にあるペンションみたいなお店だわ！

「まあ！　可愛らしいお店ですわね。素敵ですわ」

「そう言ってもらえたら嬉しい。今日は個室を用意してもらっているんだ。行こうか！」

ケリー様にエスコートされて、店の中に入ると、フワッといい匂いがしている。

ケリー様は、お店オススメの新作スイーツをたくさんオーダーしてくれた。

せっかくだから、いろいろ食べてほしいと言ってくれたのだ。

「ロバーツ嬢、これは季節のフルーツタルトで、こっちは季節のフルーツパフェだ。ジェラートもあるぞ！」

「まあ！　どれも美味しそうですわ」

「せっかくだからたくさん食べてくれ。実は、ここの店で使っているフルーツは、うちの領地の特産品なんだよ」

「ケリー様の領地はフルーツを作っているのですか？　羨ましいですわ！　美味しいフルーツが食べ放題ですわね」

「そう言われると、確かにうちの食卓にはたくさんのフルーツが並んでいたな」

今更だけど、ケリー様はとてもお優しい人のようだ。

スイーツが美味しくてついモリモリと食べすぎてしまう私を、嫌な顔をすることなくニコニコして見てくれる。

令嬢らしくないって言われても仕方がないのに、こんな私と仲良くしてくれるなんて心が広い人だよね。お兄様とは違うタイプのいい男だと思う。

新作スイーツは美味しいし、ケリー様とは話が盛り上がって楽しい時間を過ごすことができた。


「ロバーツ嬢、少し帰りが遅くなって悪かったな」

「いえ。お母様には伝えてありますので、何の問題もありませんわ。スイーツは美味しかったですし、ケリー様とのお話も楽しかったです。今日は誘っていただき、ありがとうございました」

「……また誘ってもいいか？」

「ええ。ぜひ！」

馬車の中でそんな話をしていると、うちの邸《やしき》に到着したようだ。

ケリー様は一度馬車から降りて、私を玄関先までエスコートしてくれるらしい。

この人もとても紳士的だし、見た目もいいからモテそうね。

「ケリー様、本当にありがとうございました。とても素敵な時間でしたわ」

「こちらこそ楽しかったよ。ありがとう」

そんな会話をしながら邸《やしき》の玄関までやって来ると……

「シア！　こんな遅くまで、どこに行っていた？」

えっ、お兄様？　今日はもう帰っていたんだ。

怒っているの？　いつもと雰囲気が違うし、なんか顔が怖いんだけど。

ブルっ！　何か寒気がするし。

「お、お兄様、今日はケリー様とスイーツを食べに出掛けて来ました。お母様にもちゃんと許可は取っていますわ」

「ロバーツ嬢と同じクラスの、サイラス・ケリーと申します。ロバーツ嬢を遅くまでお引きとめして、大変申し訳ありません」

「ほう……。ケリー伯爵家の令息か。うちのシアをこんな遅くまで連れ回すとは……」

「本当に申し訳ありませんでした。次回は気を付けます」

「次回だと？　そんなものはない」

はあ？　あの優しいイケメンお兄様が、頑固オヤジに見えてきたぞ！

何でこんなに感じの悪い人になっているのよ？

「お、お兄様！　なんてことを……。せっかくケリー様が誘ってくださったのです。楽しくて、私もつい時間を忘れてしまいました。ケリー様は何も悪くありませんわ」

「シアは、この男を庇うのか？」

ええー！　余計に怒っているんだけど。何でー？

どうしようかとオロオロしていると……

「クリス！　いい加減にしなさい！」

私の救世主であるお母様が現れた！

「ケリー様。いつもうちのレティシアに、親切にしてくださっていると聞いているわ。レティシアの母として、貴方にお礼を言わせていただくわね。ありがとう。今日も楽しい時間を過ごせたようね。レティシアの義兄《あに》がごめんなさい。今度はゆっくりとお茶でも飲みに来てくださいね」

「侯爵夫人、こちらこそ御令嬢にはいつもお世話になっております。今日は、遅い時間まで申し訳ありませんでした。私はこれで失礼いたします」

ケリー様の挨拶は、騎士のようにハキハキとしていて礼儀正しく、とても好感が持てた。

うちの感じの悪いお兄様とは大違いだわ……

「ええ。気を付けてお帰りくださいね」

ケリー様は最後に私を見て笑いかけた後に帰って行った。爽やかだわ……

「シア、お帰りなさい。楽しかったようね」

「ただいま帰りました。とても楽しい時間を過ごすことができました」

「それは良かったわ。ケリー様は噂には聞いていたけれど、代々続く騎士のお家の令息らしく、背が高くて、鍛えた体が男性らしくて素敵ね！　……で、クリスはいつまで怒っているの？　そんなに怒るようなことをシアはしていないわ。時間だってそこまで遅くもないし、見苦しいわよ！しっかりしなさいね」

お母様はビシッとお兄様を抑えつけていた。さすが、母親だわ。

しかし、その日の夕食後に事件が起きた。

私が部屋で読書をしていると、ドアが突然ノックされた。

エレンがハーブティーを持ってきてくれる時間だ。

エレンだろうと思ってどうぞ、と返事をすると、ドアが開けられる。

入って来たのは……

「……お兄様？」

「シア。ちょうどエレンがハーブティーを運んでいる時に会ったから、代わりに私が持って来た」

何となく気不味いのだけど……

もう怒ってないのかな？

「お兄様、わざわざありがとうございます」

お兄様はテーブルにハーブティーを置く。

なんか顔が怖い。いつもの激甘で優しいお兄様はどこに行ってしまったのよ？

「シア、少しいいか？」

「……はい。何でしょうか？」

するとお兄様は、突然私の手首をグイッと引っ張る。

気付くと私は、お兄様の腕の中に閉じ込められていた。

突然、抱きしめられた私は思考が停止して、何も考えられなくなった。

「……」

あっ！　魂がどこかに飛んで行くところだった。

気をしっかり持たないと、このイケメンに魂を抜かれてしまうよ。

「……お兄様、どうしましたか？」

身動きできないくらい、ギュッと抱きしめられている。

あー、お兄様の優しい香水の匂いと、引き締まった体がヤバいんだってば……

ダメダメ！　誘惑に負けちゃダメなのよ。

「お兄様、何かありました？　そろそろ離していただけますか？」

「……シア、お前は本当に隙がありすぎる。一瞬のうちに、こうやって急に男に抱きしめられたとしたら、お前の力では全く身動きが取れないだろう？」

「……うっ。そ……そうですね」

いやいや、自分のタイプのイケメンに抱きしめられたら、誰だって身動きなんて取れなくなると思うけど。……絶対にお兄様には言えないけどね。

しかし、耳元で囁くように言わないでー！

お兄様の声が色っぽく聞こえて、鼻血が出てきてしまうかもしれないよ。

「わかったか？　男の力は強いんだ。お前にいくらその気がなくても嫌だと思っても、男がその気になれば、どうにでもされてしまうんだ」

「はい。わかっています」

「わかってないよな。今日だって、まさか令息と二人きりで出掛けているとは思わなかったぞ。義母《はは》上もそれを知っていながら、許可を出すとは……」

「ケリー様はいい人で……っ。んっ！」

ちょっとー！　何でお兄様の唇が私の耳に？

「シアの口から、ほかの男の名前など聞きたくない！」

ヤバい。耳は弱いのに！　そんなセクスィーボイスで、唇が耳に触れる場所から喋らないでよ。

「おっ……お兄様、そろそろ離してください」

「シア、私に離してもらいたいなら約束してほしい」

「何を約束するのでしょうか？」

「私以外の男と二人きりで出かけないこと。絶対にダメだ！　わかったか？」

えー！　そんなことしてたら、いつまでも彼氏ができないじゃん。そこは引けないよ！

「お兄様！　私を行き遅れにするつもりですか？　普通に出かけることも許してくれないのですか？」

「……そういうつもりではない。ただ、男には気を付けろと言いたいだけだ」

「気を付けていますし、信用できる人であると判断した方としか、親しくはしていませんわ。お母様にもきちんと話はしていますし、お兄様は私を信じてくれないのですか？」

「……っ！　信じてはいるが、心配なんだ」

もしかしてあの元婚約者の件があったから、私が男に騙されて失敗しないかを今も心配してくれていた？

ハァー、本当に優しいお兄様だわ。過保護なんだから……

「お兄様をそんなに不安にさせてしまっていることは、申し訳ないと思っていますわ。私も気を付けるようにしますから、お兄様はあまり神経質にならないでほしいのです」

「わかってはいる。だが、私はシアが好きだから不安になってしまうんだ」

カァーっと顔が一気に熱くなる。お兄様が私を好きって言ってくれたの？

嬉しいけど……、複雑だよ。

「私もお兄様が大好きです。大好きなお兄様を心配させないように頑張りますから、信じてくださいね」

「……いや、そういう意味ではなくて。ハァー。シアを狙う男はたくさんいるから気を付けるようにな」

お兄様は、額にお休みのキスをして、部屋から出て行った。

ふぅー。あまりドキドキさせないでほしいわ。

そして翌日。

お兄様は、いつもの優しいお兄様に戻っているかに見えたのだが……

「シア。放課後は忙しくて一緒に帰れないから、お昼は一緒に食べよう。昼休みにここに私が迎えに来るから待っていてほしい。じゃあまた！」

ちょっと待ってーと思ったが、お兄様は、私の返事も聞かずに行ってしまった。

「ティーア、おはよう！　昨日は楽しかった？」

ルイーゼ達は、昨日のケリー様とスイーツを食べに行った時の話が聞きたいようだ。

ニヤニヤに近い笑顔で私に話しかけてくる。

「楽しかったし、可愛いお店で食べたスイーツはとても美味しかったわ！　今度はみんなで行きましょう！」

そして私は、昨日の出来事を親友達に正直に話したのだが……

「それでティーアのお義兄様《にい》は、ケリー様を牽制するために、わざわざここでランチに誘っていたのね！　なるほど……」

「面白くなりそうだわ！」

ルイーゼの言葉にリリアナが目を輝かせた。

ルルーシアはうんうんと頷きながら言う。

「やっぱり、ティーアが帰った時に修羅場になったのね。あのお義兄様《にい》、何となく勘が鋭そうだもの」

「ランチの時、私達は近くの席にいるようにするから、何か困ったことがあれば、すぐに呼びなさいね」

「うん？　わかったわ」

ルイーゼに念押しされ、よくわからないまま私は頷いた。

親友達は何かを楽しんでいるようだが、いくらお兄様と私が仲良しでも私達はただの兄妹だ。何がそんなに興味をそそるのだろう？

ケリー様は昨日あんなことがあったのに、いつも通りに感じのいい人だった。

あのお兄様の酷い態度を見て、あんな癖のある兄のいる人とはちょっと……とか言われたらどうしようかと思っていたけど、そんなことはなさそうで少しだけ安心した。

「ケリー様。昨日はありがとうございました。そして、うちの兄が申し訳ありませんでした。兄は少々、心配性でして」

ケリー様は、フッと優しく笑う。

「気にしないでくれ。ロバーツ嬢は義兄上《あに》に大切にされているのがよくわかったよ。あれくらいは予想していたから大丈夫だ。それより、また行こうな」

彼は人格者だね。

ケリー様から見たら、昨日のお兄様はかなり感じの悪い態度だったのに。それなのに、笑い飛ばしてくれるなんて。

それにしても、お兄様の行動を予想していたってこと？　ケリー様はすごいな……

「ありがとうございます。また誘ってくださいね」


そして、あっという間に昼休みになっていた。

「シア！　待たせたな。行こうか！」

見惚れるくらいに美しい笑顔のお兄様が、私の教室まで迎えに来てくれた。

お兄様は当然のように私と手を繋いで歩き出す。この大きくて綺麗な手が私は好きだけど、いつまでもブラコンでいるのもなぁ……

お兄様だって妹ばっかり構ってないで、そろそろ彼女とか婚約者とか決めないといけないよね。だって、うちの侯爵家の大事な跡継ぎなんだもん。

いつまでも、私みたいな妹の子守り役をさせるのは申し訳ない。

私が記憶喪失なんかにならなければ、お兄様にこんなに迷惑をかけずに済んだのに。

大好きなお兄様には普通に幸せになってほしいから、私はもっとしっかりしなくてはいけないよね。

「お兄様。わざわざ手を引いてくださらなくても大丈夫ですわ」

「シア、ランチの時間は食堂のレストランが混むだろう？　迷子になったら大変だから、手は繋いでいくからな」

お兄様の中で私は、いつまでも小さな子供扱いなのね……

レストランには大きめの円卓テーブルがたくさんあり、私達は窓側の静かな席に着く。

お兄様は何の迷いもなく、私の隣の椅子にピタッとくっ付くように座る。

「あれ？　クリスじゃないか！　ここにいたのか」

お兄様の友人らしき人達がやって来たようだ。

はっ！　……このお方は！　記憶を失くしていても、服装や雰囲気でわかる高貴なお方。

私は慌てて立ち上がり、カーテシーを執る。

「しばらくだな。レティシア嬢、体調はどうだ？」

「王太子殿下、ご機嫌麗しゅうございます。体調は安定しております。ご心配をおかけして、申し訳ありませんでした」

「それは良かった！　ここの席は空いているよな？　ここで私達も食べてもいいだろうか？」

王太子殿下と一緒の席は目立ちそうだし、緊張しそうで嫌なんだけど、絶対的な権力者にそんなことは言えない。

「もちろんでございます」

「ありがとう。……クリス？　あからさまに嫌な顔をするなよ。私達は親友だろ？」

一緒のテーブルで食事をすると言う、王太子殿下とその連れの友人らしき二人に、あからさまに嫌な顔をするお兄様。

お兄様、その態度は何？　不敬になるから！

昨日のケリー様への態度といい、今の殿下達への態度といい、お兄様はどうしたの？

優しくて、カッコよくて、大好きなお兄様だったのに、ちょっと面倒な人になってない？

「殿下達はなぜこの席に座るのです？　向こうに席はいくらでも空いているではありませんか」

殿下になんてことを！

お兄様が兄ではなく弟だったら、思いっきりゲンコツしていたかもしれない。

お兄様はうちの侯爵家を没落させる気なの？

やめてー！　せっかく私は、金持ちの家の子として生まれたんだから、今世では人生を楽しむって決めているんだからね！

「お、お兄様！　王太子殿下になんて言葉を……。殿下が光栄にもご同席してくださるのですよ。王太子殿下、兄が申し訳ありません。どうぞこちらのお席をお使いくださいませ」

「くっ、くっ！　レティシア嬢の方が、クリスよりも話がわかるようだ」

「……何とでも言ってください！　せっかくシアと二人きりのランチを楽しもうとしていたのに。私は、殿下の執務をあれだけ手伝っているのです！　そんな私にもっと優しくしようとは思わないのでしょうかね、この殿下は！」

「クリス、悪かった！　そんなに怒らないでくれ。最近、クリスがレティシア嬢にベッタリだと聞いて、どんな感じなのか気になっていただけだ」

殿下もその友人達も楽しそうにしている。お兄様とは、仲の良いご学友ってことか。

あまりハラハラさせないでほしいわ。

「シア、さっさと食べて、飲み物を買って外に行こうか」

「……はい」

お兄様はさっさと食べるとか言いながらも、私や周りの人達がドン引きするくらいに甲斐甲斐しく私の世話を焼いた。

「シア、スープが熱すぎるから、火傷しないようにフーフーしてやろう」

「お兄様……、自分でできますわ」

私は赤ちゃんじゃないんだから！

「シア、肉は私が切ってやろう。シアの可愛らしい小さな口には、……これくらいの大きさに切れば大丈夫か？」

「……ありがとうございます」

自分でお肉を切る前に、私のお肉のお皿はお兄様に取られていたようだ……。お兄様の手の動きはどんだけ速いのよ？

「シアの嫌いなピーマンとパプリカは、食べやすいように細かく切っておいたから、我慢して食べるんだぞ」

「……はい」

いつの間にお兄様は、私の嫌いな食べ物を知っていたの？

「シア、デザートは私の分も食べなさい。メロンは私が食べさせてやるからな」

「お兄様、自分でできま……」

「シア、アーンして」

「……」

隣のテーブルにいるルイーゼ達が、私達兄妹を見て……、笑っているわね。肩が小刻みに震えて目が涙目になっているもの。

反対に、殿下やその友人達は私を憐れむような目で見ている気がする。そんな目で見るなら、このお兄様を何とかしてほしいわ。

お兄様もやりすぎよ！　私はナイフとフォークの苦手な幼児じゃないんだから！

家でこんなことをするとお母様が容赦なくお兄様を怒るから、家ではここまでのことはしなかった。けれどお母様がいない場所だとお兄様はここまで暴走するのね……。これでは落ち着いて食べられないし、いろいろな人に見られまくって恥ずかしいよ。困ったな……

「殿下とアイザック！　さっきから、シアを見すぎだ」

「……ゲホッ、ゲホッ！　お、お兄様、不敬ですわ！　うちの兄が申し訳ありません！」

「レティシア嬢、気にしないでくれ。こんなのはいつものことだし、クリスは私に遠慮なく本音で付き合ってくれる、数少ない友人なのだ」

殿下とお兄様の友人達は、お兄様を見て楽しんでいるようだけど、遠慮がなさすぎるのも問題よ。

お兄様と私はランチを頂いた後、併設されているカフェでラテとココアを買い、学園自慢の庭園に移動する。天気がいいから、ベンチに腰掛けてゆっくりと飲み物を飲む。

「お兄様は、王太子殿下と仲がよろしいのですね」

「殿下にはいいように使われているよ。いつも忙しいのは殿下の執務を手伝っているからだ。時間があれば、シアともっと一緒に過ごせるのに」

うっ……。サラッと嬉しいことを言ってくれるよね。

でも、この人はただの兄……。恋人じゃないのよ。

「お兄様。忙しい中、こうやって私のために時間を作ってくれるだけで、私は充分嬉しいですわ。ただ私は、食事は自分で食べることができますから、お兄様に先程のようなことをしてもらう必要はありませんわよ。みんなにジロジロ見られて恥ずかしかったですわ」

「私はシアが可愛いから、何でもしてあげたいと思ってしまうんだ。シアが可愛いのが悪い。我慢してくれ！」

また真顔でそんな恥ずかしいことを……

顔が燃えるように熱くなってきたよ。

このお兄様のシスコンも相当なレベルだよね。

「シアが婚約を解消してから、友人達からシアを紹介しろって言われたり、知らない男達がシアを見つめているのを見つけたり……。とにかく学園は危険なんだ。だから、昨日もついイライラしてしまった。その……、悪かったな。シアがケリー伯爵令息と楽しそうにしているのを見て、嫉妬してしまったようだ」

嫉妬ですって……！

昨日は厄介な頑固親父みたいで、ちょっとだけ引いたけど、このイケメンから嫉妬しちゃったって謝られたら、なんか可愛く見えて許しちゃうよ。

それに私は、婚約解消してから、自分の知らないところでモテ期を迎えていたってことなの？

美少女バンザーイ！

今はこんなイケメンお兄様に引っ付いている、ただのブラコン妹だけど、そのうちステキな恋ができるといいな……

今の私はまだ十代だからいいけど、結婚適齢期になってもブラコンでいたらちょっと痛い人になってしまうもんね。

「……シア？」

「お兄様。そこまで心配しなくても、私は大丈夫ですわ。昨日はお兄様が一人で怒っていて、少しだけ驚いてしまいました。でも嫉妬したなんて言われたら、いつもは完璧で素敵なお兄様がなんだか可愛く思えてきたので、許しちゃいます。それより、お兄様自身の幸せも大切にしてください」

「いや。私よりも、シアの幸せが大切なんだ」

ジーンとしてきた。涙が出てきそうだよ。

このお兄様は、どこまで私を虜にするんだろう。自分のことよりも、私の幸せを考えてくれているのね。

でも勘違いしてはいけない。この人は私の兄なのよ……

「お兄様に好きな人はいないのですか？　もし、いい人がいるなら、私ばかりを優先しないで、そのお方との時間も大切にしてくださいね。私もお兄様には幸せになってもらいたいのです」

「……好きな人か。いるな」

好きな人……、いるんだ……

お兄様が切なそうな顔をしている。

そうだよね、お兄様だって好きな人くらいはいるよ。

だって、この学園内だけ見ても綺麗な人はたくさんいるもん。特にお兄様と同じ学年のお姉様方は、素敵な御令嬢ばかりだった気がする。

「ただ……彼女は、私の気持ちに気付いていないようだ」

「そうでしたか。お兄様の気持ちが届くといいですわね。私はお兄様を応援しておりますわ」

お兄様ってば、妹にばっかり構ってベタベタしていたら、好きな相手に気持ちが伝わるわけないじゃないの！

むしろ変なシスコン野郎とか思われて、嫌われたりしてないよね？　重度のシスコンとマザコンは、婚活するのに大きなマイナス要素だからね。

学園一のブラコンとしては心がズキズキするけど、大好きなお兄様のためにもその恋を応援しなければならない。

けれども私に好きな人がいると打ち明けた後も、お兄様は昼休みは私と一緒に過ごしたいと言い張り、時間になるとほぼ毎日、私を迎えに来ていた。

私からは、お兄様の好きな人をお誘いしてみてはと何度も話をしているのに、全く聞く耳を持たないのだ。

「ロバーツ侯爵令嬢。今、お時間よろしいでしょうか？」

「何でしょうか？」

休み時間に、教室で親友達と話をしていると、先輩と思われる令嬢達に呼ばれる。

何だろう？　もしかして呼び出し？

「あの……、これを貴女のお義兄様《にい》に渡していただきたいのです」

恥ずかしそうに、可愛らしい封筒を出す令嬢。

コレは！　もしかして……、ラブレター？

うっ……、ブラコンとしては胸が痛むが、お兄様のためよ！

「わかりました。渡しておきますね」

「ありがとうございます！　よろしくお願いしますね」

私がラブレターを引き受けると、令嬢達は嬉しそうに去って行った。

青春だなぁー……

一人黄昏《たそが》れているとルイーゼが話しかけてきた。

「ねぇ、ティーア。そんなの頼まれて良かったのかしら？」

「前と違って、今はティーアとお義兄《にい》様がかなり仲良くしているから、ティーアを利用してお義兄《にい》様に近付こうとしているんでしょ」

「ふふっ！　ティーアを利用しようとする女の手紙なんて、みんなで回し読みしちゃおうよ！」

ルルーシアとリリアナも面白そうに言う。

私の親友達は、なかなかいい性格の持ち主らしい。

正直、私も回し読みしたいくらいだが……

「お兄様の恋のために、私は黙って届けるわ」

「ティーアがそう言うならいいけど。でも、ティーアを利用しようと悪意を持って近付いてくるような令嬢がいたら、私達は黙ってないからね」

「わかっているわ」


その日の夕方、お兄様はいつものように、ご機嫌で学園から帰ってくる。

「シア、ただいま！　今日は少しだけ早く終わったんだ。シアに早く会いたかったから、急いで馬車に乗って帰ってきたんだ」

お兄様ー！　私に会いたくて早く帰って来たなんて言われたら、顔がニヤけちゃうよ。

あー、今日もお兄様の笑顔が尊い。

いけない！　アレを渡すんだった……

「お帰りなさいませ。お兄様……、コレをどうぞ」

あの可愛らしい封筒を出して、お兄様に渡そうとすると、お兄様の目が見開かれる。

「これは……、シアが私に？」

「知らない御令嬢から、お兄様に渡してほしいと頼まれました」

一瞬にして表情をなくすお兄様。この顔は怒っているわね……

「……シア。こういう手紙を頼まれたら、次からは断るように。私に厳しく怒られると言っていいし、面倒そうな令嬢なら、うちの家門から相手の家門に抗議したっていいんだ。筆頭侯爵家の令嬢であるシアに、こんな落書きのような文を持たせるなんて、バカにしているとしか思えない」

「……わかりました」

あの令嬢のことはよく知らないけど、恋する乙女が心を込めて書いたラブレターに違いないのに、お兄様は落書きのような文だと言ってこき下ろした。ちょっと酷くない？

それにしても思った以上に怒っているのね。怖いから、余計なことを言うのはやめよう。

翌日、事情を知らない親友達は、あのラブレターがどうなったのかを聞いてくる。

興味津々なのね……。私はお兄様が恐ろしかったのに。

「ねぇ、昨日のラブレターはお義兄《にい》様に渡したのかしら？」

「渡したのだけど、次からは断るようにって言われたの。お兄様が本気で怒っているようで、怖かったわよ。いつもは激甘なお兄様だけど怒ると凄く怖いし、暴走したら止められないのよ。大変だったんだから」

「ぷっ！　……でしょうね。次からははっきり断るべきよ。ティーアの身分ならたとえ先輩であっても、断って構わないんだから」

「ティーアのお義兄《にい》様はモテると思うから、いろいろな女がティーアに近付いてくると思うわ。都合よく利用されないように、気を付けないといけないわよ」

「うん。そうするわね」

親友達とそんな話をしてから数日後に、私はまた知らない令嬢から絡まれることになる。


「ロバーツ侯爵令嬢はいらっしゃるかしら？」

休み時間に教室で友人達と話していたら、突然女生徒が訪ねてきた。

派手な雰囲気で、気の強そうなお姉様だ。取り巻きを引き連れた、ボス令嬢って感じ。

ギラギラしたアクセサリーをジャラジャラとたくさん着け、バッチリすぎるメイクでやたらゴージャスにしている。制服を着用しているのに、この人だけ一人で夜会にでも来ているみたい。

直感的に危険を察知した。コイツは厄介そうな奴だと。

「私に何か御用でしょうか？」

「あらっ？　先輩に挨拶もできないのかしら？」

この人誰だよ？　面倒くさいなぁ。

「ご機嫌よう。どちら様でしょうか？」

「えっ？　……貴女、私を知らないの？」

ボス令嬢は口をあんぐり開けて驚いたようだ。

すかさずルイーゼが隣から声をかけてくれた。

「ラッセン伯爵令嬢。ロバーツ侯爵令嬢は、事故で記憶を失っておりますのよ。ところで、私の親友に何か？」

「侯爵令嬢であるレティシアが、なぜ知り合いでもない、格下の伯爵令嬢である貴女に挨拶をしなければならないのかしらね？」

「ティーア。礼儀も知らない伯爵令嬢なんて、相手にしなくていいわよ」

迫力のあるルルーシア、リリアナも来てくれた。

普段は優しいのに、こういう時はビシッと言うよねぇ。

ルイーゼ達に嫌味を言われて、ボス令嬢の取り巻き達は顔が引き攣っている。取り巻き達自身は、身分はあまり高くないのかもしれない。

「事故で記憶を失くした？　……あら、そういうことだったのねぇ。最近、クリストファー様が、貴女にベッタリだと思っていたら。何もわからない振りでもして、クリストファー様を独占しようと考えたのかしら？」

ほぼ初対面の令嬢に文句を言われている私。

やっぱりすごく無礼な人なのね。

「ティーア。貴女のお義兄《にい》様に相手にされないからって、わざわざ嫌味を言いに来ただけみたい。相手にする必要もないわ」

「ふふっ！　好きな人の義妹《いもうと》にまでこんな態度をとるなんて。なんて見苦しい。身の程知らずは放っておきましょう」

「……何ですって！」

お兄様を狙っているらしきボス令嬢に絡まれ、親友達まで応戦するという事態に困る元社畜。

思い切って、ハッキリと聞いてみようか。

「ラッセン伯爵令嬢でしたか？　結局は何をしにいらしたのでしょう？　暇だからといって、私に嫌味を言いに来たのでしょうか？」

「……貴女、何も知らないのね。いい加減にクリストファー様にベタベタしないでほしいのよ。彼は私と婚約する予定なの。義妹《いもうと》の貴女がベタベタしていたら、彼の評判が下がるわ。自分の立場を考えてちょうだい。未来の義姉《あね》である私への態度も改めてね。失礼するわ。ご機嫌よう」

今……、婚約って言ったの？

「……お兄様って、女性の趣味が悪いのかしら？」

「ぷっ！　何のショックを受けているのかと思えば、それなの？」

茫然とする私にルイーゼが笑った。

「あの女はありえないわよ。ティーアのお義兄《にい》様は相手にしていないでしょ？　あの女の家門を、ティーアの家が相手にするようにも思えないわ」

「でも、ハッキリと婚約するって言ってたし。普通なら、あんな堂々と嘘はつかないわよね」

「あの令嬢は普通じゃないのよ。大体、ティーアはお義兄《にい》様にベタベタしていないでしょ？　ベタベタしているのはお兄様の方なのに、あの令嬢は何を言っているのかしらね」

一応先輩なのに、あの女呼ばわりする親友。

ある意味、バカにしてるように見える。

それよりもショックだなぁ。お兄様がいずれ相手を決めるにしても、さっきの令嬢よりもっとマシな人はたくさんいるのに。

だってさー、お兄様はあんなにカッコいいんだよ？

ちょっとシスコンで、暴走すると厄介なところはあるけれど、イケメンで優しくて、妹思いの素敵なお兄様なんだから！

ああ、これはアレだ！

大好きな芸能人が結婚したと思ったら、相手の女が微妙だった時に感じるあの感情だ。

はっ！

……もしかして、うちには多額の借金があって、金銭の援助をしてもらう代わりにお兄様はあの令嬢と婚約するとか……？

やたら派手で高そうなアクセサリーをジャラジャラ身に着けていたから、あの令嬢は相当な金持ちに違いない。

あの令嬢の家が援助してくれるから、私に対して態度がデカかったのかもしれないわ。

これはお母様に聞いてみないとわからないことだよね。

そう思った私は、放課後に急いで家に帰ることにした。


「お母様！　ただいま帰りました」

「シア、おかえりなさい。そんなに慌てて何かあったのかしら？」

「お母様！　うちは借金でもあるのですか？」

「えっ？　貴女、何を言ってるの？」

お母様は、意味がわからないというような反応をしている。

「借金があるから、望まない婚約をしなければならないのでしょうか？」

「……ええと。シア、少し落ち着きなさいね。うちには借金はないわよ。貴族の中でもうちは裕福な方だと思うわ」

あれっ？　借金があるわけではないの？

お母様の表情をみる限り、嘘をついているようには見えないなぁ。

「借金はないのですね？」

「ないわよー。それに前にも話したけど、望まない婚約はさせないから安心してね。それだけは約束するわ」

「そうでしたか……」

ということは、あの女がお兄様の好きな人なの？

だとしたら、お兄様の女の趣味が悪すぎて引くんだけど。

あんな女が嫁に来たら、私はイジメられちゃうよー。

これは、うかうかブラコンなんてやっている暇はないわ。

自分の嫁ぎ先を早く見つけておかないと、お兄様の嫁になるボス令嬢にいびられちゃう。

そんなのは絶対に嫌だし、私とあの女が同居して喧嘩でもしたら、お兄様は愛する妻であるあの女の味方をするんでしょ？

そのことを考えただけで目眩がしそうだわ。

もうブラコンは卒業することにして、私をあのボス令嬢から守ってくれそうな人と婚約しよう。

優しくて、強くて素敵な人を見つけてやるんだから！

よーし！　私は頑張るぞ。


ブラコンを卒業すると決めた翌日、私は学園でお兄様に呼び出されていた。

最近はモテるお兄様絡みで、妹の私が令嬢方に呼び出されていたが、今日はお兄様本人からのお呼び出しだった。

別に、昼休みに呼び出さなくてもよくない？　家で話せばいいじゃん。

大好きなお兄様の女性の趣味が悪すぎることを知り、ドン引きした私は少しグレつつあった。

「シア！　どういうことだ！」

「お兄様、どうしました？」

ブラコンを卒業すると決めた私は、お兄様に対して若干冷めた態度になってしまっていたようだ。

するとお兄様は、ジリジリと私を壁側に追い込んでくる。

ドン！

ひっ……、壁ドンきたー！

……ちょっと待って。何でお兄様に壁ドンされてるの？　これって普通は、身内にはしないよね。

お兄様、あんなボス令嬢がお好みだけあって、やっぱり変わった人なのかな？

ああ……、あんなに大好きだったのに……

「シア！　今日はどうして先に学園に行ってしまったんだ？　朝は一緒に行く約束だろう？　今は帰りが別々だから、朝はシアと一緒に登校することを私は楽しみにしていたんだぞ」

「……」

私はあのボス令嬢が面倒だから、今のお兄様には関わりたくないって言いたくて仕方がなかった。お兄様の女の趣味が悪すぎたせいで、妹の私はこんなに苦労しているのですよと言いたい。

でも、あんなボス令嬢でもお兄様の大切な人。そんなことを妹の私が口にしたら、お兄様はきっと傷付いてしまうよね。

「シア？　何で黙っているんだ？」

「早く学園に登校して勉強したいと思いました。一人で集中して勉強したかったのです。黙って先に行ってしまったことは申し訳ありませんでした。しばらくは一人で先に登校します。どうかお許しください。そろそろ時間ですので、私はこれで失礼します」

「……なぜだ？　シア、どうして？」

大好きだったお兄様を突き放しているような気がして心が痛むけど、ダラダラした平和な人生を送るためには、いつまでもシスコンとブラコンでつるんでいるわけにはいかないの。

お兄様があのボス令嬢とくっつくなら、私もこんな自分を受け入れてくれそうな人を探さないとね。

親友達に私が出会いを求めていることを話すと、早速ルイーゼが動いてくれた。

「ティーア。今日の放課後、図書室で令息達と勉強会をするけど来る？　みんな優秀でいい人達だし、ティーアが来たら喜ぶと思うけど」

「行きます！」

「そ、そう」

食い気味に言う私に、ルイーゼは少々引いたようだった。

放課後、ルイーゼと一緒に図書室に行くと、そこには勉強会に参加すると見られる令息と令嬢がたくさんいた。

「皆様、今日はロバーツ侯爵令嬢も勉強会に参加なさいます。どうぞよろしくお願いいたします」

「ロバーツ嬢、よろしく！」

「わからないところがあれば、教え合おう」

「ロバーツ嬢、ここの席が空いてるよ」

集まった方々が口々に声をかけてくれる。

「まあ！　みんなティーアが来て喜んでいるわ。ふふっ、良かったわね！」

「レティシア・ロバーツですわ。皆さま、よろしくお願いいたします」

「よろしく！」

そうよ！　これぞ青春よ。

「ティーア、ちょっと……」

コソコソっとルイーゼが話をしてくる。

「あの令息と、あそこにいる人とあの人とね、あっちの人達。みんな婚約者を探しているみたいだから、頑張りなさい！」

コクコクと黙って頷く私。さすが親友！

勉強会は普通に楽しかった。

こうやって、学生のうちは令息と交流を持つのね。なるほど……

婚約者がいた時にはこういう勉強会に私は参加してなかったって聞いた。恐らく、婚約者に気を遣っていたのだろう。

今は自由なんだから、いろいろと楽しみたいな。

それからの私はお兄様と適度な距離を保ち、ブラコンは卒業したつもりでいた。

最近はお兄様とはあまりベタベタしていなかったはずなのに……


「ねぇ、どういうこと？　クリストファー様からひどく怒られて、ずっと無視されているんだけど、貴女が何か吹き込んだりしたのかしら？」

ボス令嬢こと、ラッセン伯爵令嬢が私の前に現れたのであった。

「喧嘩でもされたのですか？　しかし私には関係のないことですわ。謝って仲直りされたらいいではありませんか。婚約者になりたいのなら、たかがそれくらいのことで妹の私に苦情を言っている場合ではないのではありませんか」

「……な、何よ？　喧嘩って！」

「あの、ハッキリ言わせてもらいますけど、先輩である前に貴女は伯爵令嬢で、私は一応は侯爵令嬢ですわ。口の利き方に注意された方がよろしいかと。うちの母は、マナー講師をしていますので、そういうことにはとても厳しいですわよ。貴女のことを母が気に入ればいいのですがね。ふふっ！頑張ってくださいな」

クスクス……

側にいる親友達が冷ややかに笑う。

「……っ！」

悔しそうな顔を隠そうともせず、ボス令嬢はどこかに行ってしまったようだ。

「あの令嬢、泣きそうな顔をしていたけど、少し言いすぎちゃったかな？」

「いいのよー！　誰が見たってあの女が変なのわかるし」

「そうそう！　実家が伯爵家でも、ちょっと金持ちだからって調子に乗った残念な人なのよー」

「ティーアがはっきり撃退したから、しばらくは静かになるんじゃないのかしら」

それならいいけどなぁ。

面倒な人に絡まれていくら親友達が私を助けてくれたとしても、私自身が強くならないと駄目だからね。

「もしあの女がうちの侯爵家に嫁に来たら、やられっぱなしになるのは嫌だと思ったの。だから、思い切って言い返すことに決めたわ。私は強気でいくことにしたからね」

「嫁に来ないわよ。シアのご両親も認めないと思うわ」

「あの女だけは絶対にありえないわね」

「わからないわよ。人の好みはいろいろだから。お兄様はあんな個性的な人がタイプなのかもしれないし」

「……」

私がそう言うとルイーゼ達は複雑そうな顔をして笑った。

何かおかしなことを言ったかしら？

ある日の放課後、何となくのんびりしたい気分だった私は、勉強会は不参加にして早く帰ろうと一人で歩いていた。

その時、また突然後ろから声をかけられた。

「ちょっと！　ロバーツ侯爵令嬢。今、いいかしら？」

また来たのか、ボス令嬢め！　本当にしつこい人だなぁ。

「今はダメです。早く帰りたいので」

「はっ！　何なのよ。私のことバカにして。クリストファー様が貴女を好きだからって、相手にされない私を嘲笑《わら》ってるんでしょう？」

ハァー、しつこい。

「私達は兄妹ですから、家族愛があるのは当然です。貴女は兄に相手にされないと言っておられましたが、それが私に何の関係があるのでしょうか？　兄が貴女との婚約を希望するならば、私は祝福する気持ちでおりますのよ。それなのに、貴女はなぜ私にそこまで絡んでくるのです？　非常に迷惑ですわ」

「なっ、何なのよー！　貴女、ちょっと可愛いからって……」

これビンタされる？　……危ない！

あれ、……痛くない？

「おい！　ラッセン伯爵令嬢。君より身分が上の令嬢に危害を加える気か？」

初めて見る美形の令息が、ボス令嬢の手を押さえてくれていた。

「あ、貴方は……」

ボス令嬢が令息の顔を見て、驚愕の表情をしている。

「このことを学園長に報告されたくないなら、早く立ち去れ！」

「……っ！」

ボス令嬢は逃げ出した。何なのあの人？　私なりにお兄様の恋を応援しているのに。

あっ、助けてくれた人にお礼を言わないと。

「あの……、助けていただいてありがとうございました」

「……」

えっ、この人も何？　なぜ私を見て絶句するの？

「……あっ、失礼。大丈夫だったかな？」

「はい。ありがとうございました」

「ラッセン伯爵令嬢は、君に嫌がらせをしてくるの？」

ボス令嬢の知り合いなのかな？

……チクっちゃえ！

「ラッセン伯爵令嬢は、私の兄と婚約すると言ってました。それで、妹の私の存在が許せないのか、ああやって絡んでくるんです」

悲しそうな表情で話す私。ボス令嬢に虐められる、可哀想な妹ちゃんに見えたかな。

ふふっ！　ボス令嬢、覚悟しろ！

「……えっ？　君の義兄上《あに》と、ラッセン伯爵令嬢が婚約するの？」

「あの御令嬢はそう言っていました。あっ、ごめんなさい。そろそろ失礼します。本当にありがとうございました」

「……ああ」

馬車が待っているだろうから急いで行かないとね！

「レティー……」

美形令息の憂を帯びた目や、小さな呟きは、立ち去った私には届かなかった。


次の日、私が学園に登校すると、今度は違う令嬢に絡まれることになる。

ハァー。貴族令嬢って、毎日がバトルなのかしら？

「ちょっと！　昨日見たわよ。アンタ、リアン様と婚約解消したって言ってたくせに、何で仲良くしてるのよ？　アンタばっかりチヤホヤされてずるいわよ！」

えっと、この令嬢は確か、私の元婚約者の彼女だっけ。

久しぶりだなー。リアン様って誰だよ？

あのボス令嬢といい、この女といい……、絡みがしつこくてイラッとするなぁ。言い返すのも面倒だから、たまにはキャラを変えてみようかな。

「私ばかり責めるなんて、酷いですわ。私は貴女達の幸せを願って身を引いた身。これ以上、私にどうしろと言うのです？」

ぐすっ、ぐすっ。

いい歳（中身は）して、私は泣き真似をしてみせた。

「まあ！　ただの男爵令嬢が、ロバーツ侯爵家の令嬢を泣かしているわ」

「さすが素行が悪いと評判の御令嬢だわ」

「簡単に殿方に体を許すって噂の方よね？」

「あんな女に、付き纏われて可哀想だわ」

ふふっ。親友達がいい感じに加勢してくれている……

その時、背後から低い声が響いてきた。

「ゾグラフ男爵令嬢。約束を破ったな？　アレをみんなに見せてもいいんだぞ」

この声はお兄様……？

「ひっ！　す、すみません」

突然現われたお兄様を見て怯えるゾグラフ男爵令嬢。お兄様は一体何をしたんだろう？

「うちの義妹《いもうと》に近づくなと言っている。わからないなら、アレを公開するだけだ」

「ち、近づきません」

「さっさと消えろ！」

お兄様はあっさりと男爵令嬢を倒してしまった。

「シア！」

「……っ！」

……なぜここまで？

お兄様は人の目を気にせず、私を抱きしめていたのだ。

「シア、泣くな。大丈夫か？」

あの泣き真似、しっかりと見られていたのね……

泣き真似でしたなんて、言いにくい雰囲気になっているよ。

お兄様とこんなに密着するのも久しぶりだなぁ。それにお兄様のいい匂いしてきたぞ。

こうやってギュッとされると、なんだか安心するような……けど……、これはダメ！

「お兄様、私は大丈夫です。それよりも、妹を公《おおやけ》の場で抱きしめていたと噂になれば、お兄様の婚約者候補の御令嬢が不愉快に感じるでしょう。ですから、そろそろ離していただいても？」

あのボス令嬢がまた文句を言いに来そうだからね。

「シア、君は何か勘違いしてないか？　私は……」

「失礼します！」

「待ってくれ！　シア……」

お兄様には悪いけど、ボス令嬢にビンタされそうになった私としてはお兄様と適度な距離を保ちたいの。

「ティーア、お義兄《にい》様が悲しそうな顔をしてるわよ？」

「二人でゆっくり話してきたら？」

「お義兄《にい》様は、わざわざティーアを助けに来てくれたのでしょう？」

親友達は、珍しくお兄様の心配をしているようだった。

「実はね……、昨日の帰りに、お兄様と婚約するって言っていたラッセン伯爵令嬢に絡まれて、いきなり殴られそうになったのよ！　私がお兄様と仲良くしているのが嫌みたいなの。だから私はお兄様にはあまり関わらないようにするわ」

「えー！　それ本当なの？」

「それはお義兄様《にい》に言った？」

「言える訳ないでしょう？　あんなワケのわからない令嬢でもお兄様は好きみたいだから、きっと私が言っても信じてもらえないわ」

「……それはないわよ」

「シア、あの女だけは絶対にありえないからね！」

親友達は、残念な人を見るような目を私に向けている。

しかし本当に残念なのは、あんな変な令嬢がうちの嫁候補だということなんだからね。

「でも昨日は、偶然通りかかった初対面の美形な令息が助けてくれたから、殴られずにすんだんだけどね……」

「そう……。大変だったのね」

その日の帰りから、馬車停めまでケリー様が必ず一緒に行ってくれることになった。

ルイーゼ達がラッセン伯爵令嬢の話をクラスでしたら、ケリー様が一緒に行こうって声を掛けてくれたのだ。

その後もボス令嬢に待ち伏せされたことがあったが、ケリー様が睨みつけると逃げて行ってしまった。身近にこんなに頼りになるいい人がいてくれて良かった。

そのおかげもあって、ケリー様とは時々、放課後に一緒にスイーツを食べに行くくらい仲良くなった。

そして、ボス令嬢を見なくなってから数日後、私はある噂話を耳にする。

「ねえ、聞きまして？　あのラッセン伯爵令嬢が、入院したらしいわよ」

「そうみたいね。ずっと精神を病んでいたと聞いたわよ」

「確かに、ちょっと様子が変でしたわ」

「あのお方、思い込みが激しくて、話が通じないことがたくさんありましたもの」

こんな噂が学園中から聞こえてきたのだ。

確かに、最近はボス令嬢の姿を見ていないなぁ。

正直、迷惑していたからラッキー。これで私は穏やかに毎日を過ごせるようになるかな。

でも、お兄様は落ち込んでいるのかもしれない。

しばらく邸《やしき》でもお兄様を避けて生活していたからわからないなぁ。

だけど、あのボス令嬢と真実の愛を貫くなら、病院にお見舞いに行くなり何なりして、愛を深めればいいんだよ。

お兄様は怒ると怖いから余計なことを言うのはやめよう。

静かにお兄様の恋を見守る方がいいよね。平和が一番よ。

「ティーア。あのラッセン伯爵令嬢はいなくなったのだし、そろそろお義兄様《にい》と仲直りしたら？」

「お兄様と喧嘩はしていないわよ」

「そうかしら？　ティーアのお義兄様《にい》は何だか元気がないように見えたわよ」

ルイーゼ達は、お兄様の様子をよく見ているようだった。

「あのお義兄様《にい》は、ラッセン伯爵令嬢とは本当に何もないと思うわよ。ちょっとシスコンで、ベッタリしすぎるけど、ティーアをとっても大切にしてくれる優しいお義兄様《にい》だと思うわ。早く仲直りしなさいね」

「……喧嘩はしていないのに」

「じゃあ、お義兄様《にい》と話くらいはしてあげなさい」

「……わかったわ」

お兄様と話か。最近避けていたから、何か気まずいなぁ……

◇　◇　◇

シアが学園に復帰して、今の生活に慣れてきた頃だと思う。

「クリストファー！　君の義妹《いもうと》君は婚約を解消した後、新しい婚約者はいるのか？」

またその話か……

最近、友人や知り合い達にシアに新しい婚約者がいるのかと聞かれることが多い。

私にとっては非常に不愉快な質問だ。

「今はいない。傷ついた義妹《いもうと》に、しばらくは婚約者を無理に決めないと両親と話している」

シアに婚約者がいないと聞いた瞬間に、嬉しそうな顔をしやがって。

「そうか！　義妹《いもうと》君を私に紹介してくれないか？　とりあえず、友人になりたいのだが」

「断る！」

「クリスは義妹《いもうと》ちゃんを溺愛しているから、その話題はもうやめておけ」

「そ、そうですね。クリストファー、すまないな。また！」

ニヤニヤした殿下が助け舟を出してくれた。殿下が口を出せば、誰だって引いてくれるから助かるのだが……

「クリス。君の義妹《いもうと》ちゃんは、人気らしいな」

「シアは可愛いですからね」

「記憶を失くしてから雰囲気が柔らかくなって、親しみやすくなったよな。あの容姿であんな風に微笑まれたら、相手がいない男どもは簡単に落ちてしまうだろうな……」

この腹黒は何が言いたいのだ？

「それで？　殿下は何が言いたいのです？」

「あ！　バレた？　……そろそろ生徒会の仕事と、私の執務の手伝いに戻って来てほしいのだ。頼むよ！」

「今はまだシアとの時間を優先したいので駄目です！」

「即答するなよ。寂しくなるだろう。クリスがいないと困るんだ。さっきみたいに、義妹《いもうと》ちゃんに寄り付く男がいたり、無理に縁談を持ってくるような男がいたりしたら、私も虫除けに協力する。貴族の婚約は、国王の許可がないとできないから、何かあれば私から陛下に頼んでやるよ。もちろん、お前がほしいものを手に入れられるように、私が力になる。……どうだ？」

この腹黒は私が断れない取引を持ち掛けて来たようだ。

「わかりました。絶対に約束してください」

「返事が早いな！　約束する。じゃあ早速、明日から頼むよ」

本当はまだシアを優先して生活したかったが、王太子殿下の協力はかなり大きい。シアを手に入れるためには、強力な後ろ盾が必要なのだ。

そして、私は生徒会の仕事と殿下の側近の仕事に復帰した。

だが、その間にシアに近づく男が増えたり、私に取り入るためにシアに近づこうとする女狐達に苦労したりすることになるとは、思いもしなかった。

そんな私が、ある日の放課後に生徒会室で業務を行っていると……

「ん？　あれって……？」

宰相子息のアイザックが、窓の外に何かを見つけたようだった。

まあ、私は興味がないから業務の手は止めずにいたのだが、

「あー！　あの令息と楽しそうに歩いているのは、クリスの義妹《いもうと》ちゃんだな！」

何だって？　殿下は今、『クリスの義妹《いもうと》ちゃん』って言ったのか？

素早く窓の側に駆けて行き、外をキョロキョロ見回す。

「どこです？」

「あそこだ。長身の令息と歩いてる令嬢が見えるだろう？」

あの綺麗なストロベリーブロンドの髪は、間違いなくシアだ……

隣の男は誰だ？

「一緒にいるのは、確か第二騎士団長の子息だな。ケリー伯爵家の嫡男だ」

聞いてもいないのに、アイザックが教えてくれた。

騎士団長の子息らしく、スラっとした長身に、鍛えられた体。遠目から見ても……

文官の家門で育った私とは全然タイプの違う令息だった。

シアはああいうタイプの男が好きなのだろうか？

「……クリス？　まさか嫉妬しているのか？　ただのクラスメイトだろ」

アイザックだって嫉妬深い男のくせに、何を言っているのか。

嫉妬して悪いのか？

二人きりで過ごす放課後の楽しいはずの時間に、私以外の男がシアを独占しているのに！

「クリス。家に帰ってから、間違っても義妹《いもうと》ちゃんにケリー伯爵令息と一緒にいたことを問いただすなよ。義妹《いもうと》ちゃんが婚約解消してから、更に彼女への独占欲が強くなってきているよな？　些細なことで嫉妬していると、嫌われるぞ。お義兄《にい》様はストーカーだとか、しつこいとか、重いとか、束縛が激しいとか……、そんなこと言われたくないだろう？」

「わかっていますよ！」

殿下が言うことは理解できる。だから私はシアには今日見たことは何も聞かずにいることにした。

しかし、私にとって我慢できないことが起きる。

ある日、いつもより早い時間に生徒会の仕事が終わった私は、早くシアに会いたくて急いで邸《やしき》に帰った。

今の時間に帰れば、夕飯前にシアと一緒にお茶ができるはず……。そんな気持ちで邸《やしき》に帰ったのだが、肝心のシアがまだ帰っていなかったのだ。

「シアは友人の令息と新作のスイーツを食べに行ってから帰ってくると言っていたわ」

シアは義母上《ははうえ》に許可を得ているようだが、私は面白くなかった。

なぜ私には一言も言ってくれなかったんだ？

いつも一緒にいるのは私なのに！

「友人の令息とは誰ですか？　シアは令息と二人きりで出掛けたのですか？」

「確か、同じクラスのケリー伯爵令息だと言っていたわよ。シアだってもう十六歳よ。令息からお誘いを受けたっていいじゃないの」

あの男……！　学園内で、シアと二人で歩けただけで満足しなかったのか？

「はあ？　義母上《ははうえ》はシアが令息と二人になるのを知っていて許可したのですか？　信じられない！」

「ケリー伯爵家の令息なら評判がいいから二人きりでも大丈夫よ」

評判がいい男ほど危険なのが、なぜわからないのだ？

イライラしながらシアの帰りを待つが、なかなか帰って来ない。

もうすぐ暗くなるというのに、何をやっているんだ？

やっと帰って来たと思ったら、二人で微笑み合ってて仲良く喋っていた。

そんな二人を見てしまった私は怒りを抑えることができず、嫉妬丸出しの態度をとってしまい、義母上《ははうえ》から説教を受けた。

その日の夜、それでも我慢ができなかった私は、ハーブティーをメイドの代わりに持って、シアの部屋に向かった。

部屋に行くと、驚いたような表情をして私を見つめたシア。

そんな姿も可愛いが、なんて隙だらけなんだ……

こんな隙だらけのシアが男と二人きりで出掛けるなんて、猛獣の檻にわざわざ美味しそうな肉を放り込むようなものだ。

持ってきたハーブティーをテーブルに置いた私は、強引にシアを抱きしめてしまった。

もう、我慢の限界だった。

自分の腕の中にしまって、ほかの男に見られないようにしたい。シアの目にほかの男が映らないようにしたい。こんなに小さくて柔らかくて、可愛いシアを、私が独占したいという真っ黒な気持ち。

シア……、私のこの気持ちが、お前にはわからないだろうな。

今の私は、まだシアの義兄《あに》という立場。好きだからこうしているとか、シアを独占したいからとは、言いたくても言えないのだ。

だから私は、今は男としてではなく義兄《あに》として話をする。

「……シア、お前は本当に隙がありすぎる。一瞬のうちに、こうやって急に男に抱きしめられたとしたら、お前の力では全く身動きが取れないだろう？」

「……うっ。そ……そうですね」

ハァー。隙だらけの返事だ。

「わかったか。男の力は強いんだ。お前にいくらその気がなくても嫌だと思っても、男がその気になれば、どうにでもされてしまうんだ」

「はい。わかっています」

絶対にわかってない。そんな隙だらけで！

「ケリー様はいい人で……っ。んっ」

またその男を庇うのか？

「シアの口から、ほかの男の名前など聞きたくない！」

「おっ……お兄様、そろそろ離してください」

しかし、シアを簡単に離すことはできなかった。

抱きしめられて困ったような顔をするシアも可愛すぎて、離したくなくなったのだ。

シアのいい匂いも、ずっと嗅いでいたい……

駄目だ！　しっかりしないといけない。

今は義兄《あに》として、毅然とした態度で臨まないといけないのだ。

私は、ほかの男と二人きりで出かけるのはダメだと伝えたが、シアには行き遅れにするつもりなのか？　普通に出かけることも許してくれないのかと言われてしまった。

しかも、私を信じてくれないのかとまで。

そんなつもりで言っているのではない。私はただシアが心配で仕方がないだけなのだ。

その時、王太子殿下の、些細な嫉妬をすると嫌われるという言葉が脳裏に浮かんだ。

あまりにも束縛をするのは良くないよな……

そして私は、可愛すぎるシアにうっかり好きと言ってしまっていた。

シアは、私が兄妹として好きだと言っていると思っているようだったが、頬を赤くしているように見えた。

少しは私を異性として思ってくれているのだろうか？

次の日、私は放課後にシアと過ごすことができなくなったという理由で、強引にランチの約束を取り付けた。

シアと二人で食事をする場面を見た王太子殿下やアイザック達には、シスコンのレベルを超えたとか、執着男は怖いとか言われたが、そんなのは関係ない。

ただ、私はシアと一緒に過ごしたいだけなのだ。


ある日、学園から邸《やしき》に帰り、シアに〝ただいま〟を言いに行った時だった。

「お帰りなさいませ。お兄様……、コレをどうぞ」

女の子らしい封筒を私にくれるシア。もしかして、シアが私に手紙を書いてくれたのか？

「これは……、シアが私に？」

「知らない御令嬢から、お兄様に渡してほしいと頼まれました」

……何だって？

シアを利用している女狐がいるようだ。早急に始末しなくてはいけない。

シアにはこのようなことがあったら、次からは断るようにと話した。

しかし、私がほかの女から手紙を受け取っても、シアは何とも思わないのだろうか？

私だけが、シアの異性関係に嫉妬しているのか？

もっと私を意識してほしいのに。

翌日、怒りが収まらない私は、手紙をシアに託した二年の子爵令嬢の教室を訪ねていた。

面白そうだからと、宰相子息のアイザックも勝手に付いてくる。

私とアイザックが二年の教室を訪ねたことで、かなり教室が騒《ざわ》ついているのがわかった。

私もアイザックも、王太子殿下の側近や生徒会の仕事をしているから割と有名らしい。

私が来たことを知らされ、嬉しそうにやって来る子爵令嬢。

「お前がアディ子爵令嬢か？」

「はい。私がミラ・アディでございます。ロバーツ様、手紙は読んでいただけましたか？」

図々しい女狐め！

「お前は侯爵令嬢である義妹《いもうと》を、配達員代わりに使うのか？　アディ子爵家は、ロバーツ侯爵家を馬鹿にしているようだ。子爵には、侯爵家から厳重に抗議させてもらう」

一瞬にして青褪《あおざ》める子爵令嬢。

「ご、誤解ですわ。私はただ想いをお伝えしたいと思いまして、義妹様《いもうと》にお願いしただけですわ」

「お前は私の義妹《いもうと》と友人だったか？　友人ではないよな？　ずいぶんと図々しい女だ。私の可愛い義妹《いもうと》に二度と近づくな！　こんな物も迷惑だ。失礼する！」

封も開けていない手紙を突き返すと、子爵令嬢は泣きそうになっているが、関係ない。

私が酷いことをしているのは理解している。

だが今後、この女と同じことをする者が出て来ないように、皆に見えるところで苦情を言って見せしめにしたのだ。

シアを利用する者は許さない！

「くっ、くっ。あの子爵令嬢、顔色が悪くなって、泣きそうだったよ。クリスも怒ると怖いよな」

「煩いぞ、アイザック！　私は間違ったことを言ったか？」

「いや、正論だと思う。あんな子爵令嬢ごときが、友人でもない筆頭侯爵家の令嬢に手紙を渡してくれと頼むなんて……、身の程知らずとしか言えない。ただ相手は令嬢なのだから、もう少し優しく話した方がいいのではないか？」

「私はシア以外に優しくしたいとは思わない」

アイザックは、呆れたようにため息をついている。

「……だよな。クリスは義妹《いもうと》ちゃん以外に興味はないもんな。ただ、お前の思惑通り、今日の怒り狂った姿を見た令嬢達は、今後はクリスの義妹《いもうと》ちゃんを使って手紙を渡そうとは思わなくなるだろう」

「理解してくれて嬉しいよ。シアを守るためなら、いくらでも悪者になってやる！」

「クリス……。お前、最近、本当に重い男になったな。あまり義妹《いもうと》ちゃんを困らせるなよ」

「私はシアを守りたいだけだ。アイザックだって、嫉妬深い腹黒男だろ？　お前こそ、婚約者を困らせるなよ」

「はあ？　それは殿下の方だろう？」

「そうだな。あの殿下もなかなかの男だ」

女狐を一人倒して安心するが、更にアクの強い悪女が、もうすぐ登場することになる。


ある日の放課後、私が生徒会室で忙しく仕事をしていた時だった。

「失礼いたします。ロバーツ様はいらっしゃいますか？」

あの令嬢達は、シアの親友達だな。

わざわざ私に会いに来たのは、シアに何かあったからだ。彼女達には何かあれば、何でも知らせてほしいとお願いしていた。

私は迷わず仕事の手を止めた。

「私はここだ。わざわざ来てくれたということは、シアに何かあったか？」

「お忙しいところ申し訳ありません。ティーアのことで、気になることがありまして」

「ありがとう。話を聞かせてもらえるか？」

「はい。実は今日、二年のラッセン伯爵令嬢がティーアのところに来て、大変な無礼を働いていきました」

ラッセン伯爵令嬢？　確か、成金で金だけはあるという家門だったか？

「クリス、まだ歴史の浅い成金の伯爵家だ」

聞いてないのに、勝手に会話に入るアイザック。

「ラッセン伯爵令嬢とは、今までは関わりはなかったと思うのだが」

「ええ。学年が違いますし、今までは全く関わりがありませんでした」

「ティーアは記憶がないので、彼女の顔も名前も知るはずなく、事故で記憶を失くしていることを伯爵令嬢に伝えたのです。そしたら、最近お義兄《にい》様がティーアにベッタリなのは、記憶を失くした振りでもして、お義兄《にい》様を独占しようとしていたのだろうとラッセン伯爵令嬢が言い出しまして」

新たな女狐が現れたようだな……

「クリス。殺気立つな！　義妹《いもうと》ちゃんの友人達が怖がってるだろう。……悪いな。シスコンを拗《こじ》らせた、困った男なんだよ。で、詳しく聞かせてくれるかな？」

勝手に会話に入ってくる殿下。

シスコンとか言うな！

「ラッセン伯爵令嬢は、ティーアにお義兄《にい》様にベタベタしないでほしいと言いまして……。しかも、お義兄《にい》様と婚約する予定とまで言っていましたわ」

「えっ？　クリス、てっきり困ったシスコンだと思っていたら、婚約者ができたのか？」

「アイザック！　私が婚約なんてするわけないだろう。私の心には一人しかいないのだぞ。……ところでその女は、本当に私と婚約する予定と言っていたのか？」

「はい。義妹《いもうと》がベタベタしていたら彼の評判が下がるから、自分の立場を考えてちょうだいと。未来の義姉《あね》になる私への態度も改めてね、とまで言っていましたわ」

「その女はバカなのか？　どう見てもベタベタしているのは、シスコンのお義兄様《にいさま》の方だろう？」

ボキッ！

「あー！　クリス、備品のペンを折るなよ」

殿下とアイザックが煩い。

「シアはその女の狂言を聞いて、泣いたりしなかったか？　何か言っていたのか？」

「それが……、ラッセン伯爵令嬢があまりにも自信満々に話していたものですから、その話が本当だと思っているようでした」

「何だって？」

シア……。記憶喪失になってからのシアが鈍いのはわかっていたが、そんなに簡単に女狐の話を信じたのか？

「しかも……、お義兄様《にいさま》って、女の趣味が悪いのかしら？　と言ってまして。ショックを受けているようでした」

シアの親友達からの報告は、私の心を容赦なく抉《えぐ》ってくる。

そして、そんな私の横で、腹黒の二人は腹を抱えていた。

「ぷっ！　くっ、くっ」

「ぶっ……！　腹が痛い……」

シアよ、私はそんなに信用がないのか……？

重いとか、怖いとか、ストーカーの手前だとか、殿下やアイザックに散々言われながらも、たくさんの愛情をシアに注いできたつもりだったのに、私の気持ちは何も伝わっていないのか？

「あー面白い！　クリス、そんなショックを受けるなって」

殿下は笑いすぎて涙が出たようだ。目をこすりながらシアの友人に言った。

「あの女が婚約者ではありえないとは話をしたのですが、ティーアはあんなに堂々と嘘はつかないわ、と」

「君たちさ、その女に言われた内容とか、義妹《いもうと》ちゃんへの態度とかさ、わかりやすく記録しておいてくれるか？　話を聞くと、ずいぶんとすごい令嬢みたいだからね」

「王太子殿下、畏まりました」

翌日の昼休み、私はまた二年の教室に向かった。前回の子爵令嬢とは違うクラスのようだ。

暇なアイザックが、面白そうだからと一緒に来てくれる。

「失礼！　ラッセン伯爵令嬢を呼んでくれ」

「は、はい」

何だか、また二年の教室が騒ついているようだ。

そんな中、派手で気の強そうな令嬢がやって来る。

「クリストファー様！　ご機嫌よう」

何で初対面の女に名前で呼ばれているのか？　怒りが沸々と湧いてくる。

激しい怒りが表情に出ているだろうが、気にしてられない。

「……お前か？」

「クリストファー様と婚約する、アイリーン・ラッセンですわ。私のことはアイリーンと……」

「黙れ！」

この女、本当に婚約すると口にしている。意味がわからない。

格下の成金伯爵家が、勝手に婚約話を進められるはずがないのに。

「ぶっ！　本当だったんだ……。くっ、くっ。ウケる」

「アイザック、笑いすぎだ！」

怒る私とは対照的に、珍しい珍獣を発見したかのような反応をするアイザック。

「私が、お前みたいな女と婚約なんてするはずがないだろう。頭がおかしいのか？　しかも、私の可愛い義妹《いもうと》にあることないことを言って絡んだらしいな。義妹《いもうと》に近づくな！」

頭のおかしな女狐に、はっきりと警告をする。

私の怒りを含んだ声は二年の教室中に響き渡り、辺りはシーンと静まり返った。

しかし女狐は、何でそんなことを言われているのか、理解していない表情をしている。

シアに無礼な態度をとり、未来の義姉《あね》だとか訳のわからないことを吹き込んだ女狐を私は許さない。

この女狐のせいで、私は女の趣味が悪い、残念なお義兄様《にい》だと思われてしまったのだから！

「クリス！　成金とはいえ、一応は伯爵令嬢だ。その態度はいけないぞ」

女狐への態度が悪いことに対してアイザックは苦言を呈するが、アイザックだって成金だとさり気なくバカにしている。

「伯爵令嬢なら、侯爵令嬢の義妹《いもうと》に対する態度くらい知っていてほしかったがな。私の最愛の義妹《いもうと》に酷い態度を取るようなお前と、私が婚約なんてするはずないだろう。うちに図々しく縁談の話なんて持ってくるなよ！」

ハッキリ言ってやらないとわからなそうだから、怒りを込めて大きな声で、皆の前でわかりやすく話をしたつもりだった。

しかし、私はこの女狐を侮っていた。

あれほど酷い態度であそこまでハッキリと拒否と警告をすれば、普通なら身を引くだろうと思っていた。

ましてや、私の家は名門の筆頭侯爵家で、あの女狐の家は最近成り上がったばかりの新参の伯爵家。身分が上の者からあそこまで言われたなら嫌でもわかるだろうし、身の程を弁《わきま》えるだろうと思っていた。

それなのにあの女狐は、次の日から私の教室まで来て意味のわからない話をし、付き纏ってくるようになったのだ。

「クリストファー。二年の派手な令嬢が、お前を呼んでほしいって来ているぞ」

二年の派手な令嬢？

……もしかして！

いや。昨日、私はあれだけ言ってやったんだ。

「クリス！　廊下でラッセン伯爵令嬢が待っているぞ。昨日あれだけ酷い態度をとったのに、すごいメンタルだな」

「はあ？」

「面白そうだから、行ってこいよ」

面白く感じるのはアイザックだけだろう。この腹黒男が！

正直、顔も見たくないのだが、ここに来るなと言ってくるか。

「クリストファー様、ご機嫌よう。お会いしたくて来てしまいましたわ」

この女狐はどんな神経してるんだ？　昨日、私が言ったことは全然気にしていないようだ。

「何しに来た？　ここに来るな！　知り合いでもないのに、馴れ馴れしく名前を呼ぶな！」

「クリストファー様。私達はもうすぐ正式に婚約するのですから、私は仲良くなりたいのですわ。それに昨日の話ですが、クリストファー様は義妹君《いもうと》に、何か言われて誤解なさっているのだと思います。私は義妹《いもうと》さんの未来の義姉《あね》として……」

ブチッ！

私の中で何かがキレた。

「黙れ！　お前がシアの義姉《あね》になる日は永遠に来ない。そして私はお前と婚約なんて絶対にしない。迷惑だから、私と義妹《いもうと》に近づくな。ここにも来るな！」

話のわからない女狐にイライラが止まらないでいると、腹黒筆頭の王太子殿下がやってきた。

「君がラッセン伯爵令嬢か？」

「は、はい。王太子殿下、ご機嫌麗しゅうございます」

「へぇ。君でも、一応は挨拶できるんだな。ところで、煩くて迷惑だから、ここにはもう来ないでくれるか？　王太子命令と言えばわかるか？」

「わ、私は婚約者となる方と親しくなりたいと思って……」

婚約はしないと言ってるのが、聞こえないのだろうか？

「ハァー。クリスがイライラする理由がわかったよ。全く話が通じないようだ。君の実家の伯爵家に抗議するよ？　王太子命令が聞けないのか？」

珍しく殿下が怒っているようで、声が低くなるのがわかった。

「わ、わかりました。クリストファー様、また今度。失礼いたします」

殿下の怒りが通じたのか、女狐は自分の教室に戻って行ったようだ。

「あの女……、予想以上だな」

「話が通じないのですよ。あそこまではっきりと拒否したにもかかわらず、また今度って言ったのも気になるところです。私は永遠に関わりたくないのですがね」

「あの感じだと、義妹《いもうと》ちゃんにもしつこく絡んでそうだな。気を付けた方が良さそうだ」

「ええ。心配なので、あの女を影に監視させることにしました」

「あの女を監視するんだよな？　まさか、義妹《いもうと》ちゃんまで監視したり……」

殿下は私をストーカーだと言いたくて仕方がないようだった。

「シアは監視しませんよ！」

「だよな。流石に、お義兄《にい》様に監視されていると知ったら、義妹《いもうと》ちゃんに嫌われちゃうよな」


私達の予想通り、あの女狐はシアにもしつこく絡んでいるようだった。

そして、王太子殿下に注意された女狐は私達の教室には来なくなったのだが、廊下や食堂などで声を掛けて来るようになる。

「クリストファー様、ご機嫌よう！」

「……」

「えっ？　無視しないでくださいませ！　クリストファー様ぁー！」

ひたすら無視をするが、あの令嬢のメンタルは普通じゃないらしく、あまり効果はなかった。

ラッセン伯爵令嬢を影に監視させて数日後、いつものように私は、生徒会室で忙しく仕事をしていた。

「失礼いたします。突然申し訳ありません。ロバーツ侯爵令息とお話をさせていただきたく参りました」

この声は……。珍しい人物が来たようだ。

というか、この男が私を呼ぶなど初めてのことだと思う。

しばらく見ないうちに、少し痩せたか？

「久しぶりだな、ハリス侯爵令息。領地で謹慎していると聞いていたが、戻って来たのだな」

「先日は、大変申し訳ありませんでした。ところで、本日お伺いしたのは、ロバーツ侯爵令嬢についてお話ししたいことがありまして」

何を今更……。いくら謹慎をして反省したとしても、私はこの男を永遠に許すつもりはない。

「……シアの話？　今更、話すことはないが」

「申し訳ありません。緊急なので、話をさせていただきます。先程、ロバーツ侯爵令嬢が、ラッセン伯爵令嬢に危害を加えられそうになりました。偶然、近くを通りかかったので私が制止しましたが」

何だって？　あの女狐に危害を加えられそうになっただと？

あの女、ついに一線を越えてきたか……

「おい、クリス！　少し冷静になれ。ハリス侯爵令息、詳しく聞かせてくれるか？」

王太子殿下に声を掛けられ、ハッとする。

「はい。先程、帰る途中と思われるロバーツ侯爵令嬢に、ラッセン伯爵令嬢がしつこく絡んでいたように見えました。会話の内容は聞こえなかったのでわからないのですが、恐らく何かを拒否されて逆上したラッセン伯爵令嬢が、手を振り上げて殴ろうとしているように見えたのです」

あの女……。怒りで肩が震えてきた。

「私は危険だと判断し、慌てて駆け寄ってラッセン伯爵令嬢の手を制止しました。学園長に報告されたくないなら、早く立ち去るようにと話すと、すぐに逃げて行きました」

まさか、この男に助けられる日が来るとは。

「そうか……。ハリス侯爵令息、助かった。私のシアを守ってくれたことに感謝する」

「いえ。当然のことをしたまでです。ところで、ロバーツ侯爵令嬢からお聞きしたのですが、あのラッセン伯爵令嬢と婚約するって本当ですか？」

「………」

「ぷっ、くっ、くっ……。クリス、まだ義妹《いもうと》ちゃんは勘違いしているようだな」

「勘違いですか？　そうですよね……。ロバーツ侯爵令嬢は、妹の自分の存在が許せないのか、あやって絡んでくるのだと言ってましたし、悲しそうだったというか、泣きそうになっていました」

泣きそうになっていただと？

ハァー、もう我慢の限界だ。あの女、消すか。

私の可愛いシアを悲しませる者は排除してやる。

「ハリス侯爵令息。今日のことだが、何かあれば、君の目撃情報を証言してくれるか？　シアに纏わりつく悪女を、そろそろ始末したいと思っているのだ」

「証言？　……なるほど。もちろんです」

「感謝する。今日はありがとう」

「いえ。気になさらず」

その夜、あの女を監視させていた影に話を聞くと、ハリス侯爵令息の話はすべて本当のことらしい。

まさか、成金伯爵令嬢の身分で侯爵令嬢のシアに危害を加えようとするとは、あの女は正気ではないようだ。

帰宅後に義両親と話をして初めて知ったことだが、あの女狐のラッセン伯爵家から私に縁談の話が来ていたようだった。

私が嫌がるのはわかっていたから、断るつもりでいたらしい。

「ラッセン伯爵家からは、すごい額の持参金が提示されたよ。そこまでクリスとの縁談を進めたかったようだ」

「さすが成金と言われるだけありますね」

両親には、最近の出来事を細かく報告しておいた。ラッセン伯爵令嬢に付き纏われ、シアが危害を加えられそうになったことや、女狐が婚約すると勝手に周りに言いふらして迷惑をしていることも。

当たり前のことだが、両親は激怒していた。

「あの家は商売上手で、金はたくさんあるようだ。借金で没落しそうだった前伯爵から、爵位を買ってラッセン伯爵になったのだが、まだ貴族になって十年くらいか？　苦労をして、今の立場を手に入れたことは認めるが、貴族令嬢としての娘の教育は、きちんとできなかったようだな」

「そういえば……、少し前にシアが慌てた様子で、うちに借金はあるのかと聞いて来たことがあったわね」

「義母《はは》上、シアがそんなことを聞いてきたのですか？」

「そうなのよ。借金があるから、望まない婚約をしなければならないのかと聞いてきてね。借金はないことを話したら、安心していたようだったわ」

今、私は全てを理解した。

シアはあの女狐から私と婚約すると聞き、うちの侯爵家に借金でもあって、私が金のために無理をして婚約するのだと考えた。

しかし、義母《はは》上から借金はないことを聞いた。

更にその少し前、私は好きな人がいると話をしている。

シアは、私があの女狐が好きで、望んで婚約すると勘違いしている！

ああ、なんてことだ……。私はシアしか見ていないのに。

数日後、私は義父上《ちちうえ》と共に、あの女狐のラッセン伯爵家へと向かった。

ラッセン伯爵も女狐も、上機嫌で私達を迎えてくれていた。

女狐はいつもに増して派手な装いをしている。

うっ……、何だ？　この香水の匂いは！

ああ、シアの匂いが恋しい。シアを抱きしめて、シアの匂いを嗅ぎたい。

早く終わらせて帰ろう。

「ロバーツ侯爵閣下、本日はお忙しい中、我が邸《やしき》に来てくださったことに感謝いたします」

女狐は、学園で自分が何をしたのかを理解しておらず、伯爵も何も知らないようだ。

私達が直接ラッセン伯爵家を訪ねたことを、縁談の話を進めに来たものだと思っているように見えた。

「私が忙しいと知りながら、なぜ伯爵の方から謝罪に来ないのだ？」

義父上《ちちうえ》の圧のある言葉に、場が凍りつくのがわかった。

「……閣下、謝罪とは？」

「伯爵は自分の娘が学園で何をしているのかを知らないのか？　私達は、レティシアとクリストファーに付き纏いをしたストーカーとして、令嬢を告訴しようと考えている。更にレティシアへの侮辱罪と暴行未遂もだ。商売で成り上がった伯爵家には信用問題に関わることかもしれないが、うちの侯爵家にこのような危害を加える者を、私は許すことはできない」

「侯爵閣下、どうかお許しください。示談金を言い値で払います。どうか……」

「うちに金はたくさんある。バカにしているのか？　縁談の話を寄越した時も、持参金の額をやたら強調して書いてあったが、金で全て解決できると思うな」

結果的に、ラッセン伯爵令嬢は精神科病院に入院することになった。

私やシアへの付き纏いやシアへの暴行未遂など、身分が上の者に対してありえない行動をとり続けたこと、その様子をいろいろな人に目撃され、ストーカーとして告訴するなら、みんなが証言すると言ってくれたことを伯爵に伝えたことが大きいと思う。

しかも、証言すると言ってくれたのは、王太子殿下や宰相子息のほかに、シアの友人である高位貴族の令息や令嬢ばかり。

こんな新参の成金伯爵家が相手にできる者たちではなかったのだ。

あの女狐がやってきたことは、普通ではないし、おかしい。

本人はそのことを理解していないし、裁判して罪を償わせようとしても、せいぜい謹慎と慰謝料で終わる。そして謹慎が明けたら、また付き纏うかもしれない。

そのことを踏まえて、無駄に裁判を起こすよりは、ラッセン伯爵が責任を持って治療にあたらせるということになったのだ。

ラッセン伯爵が謝罪の時に話したことによると、令嬢が今まで付き合いのあった者達は自分より爵位が低い者か、爵位が高い者であっても金に困っている者達で、令嬢の方が強い立場でいられる者ばかりだったらしい。

更に、令嬢がほしがる物は必ず買い与えてきたから、自分が望んだ物は必ず手に入ると思っていたようで、私との婚約も叶うと思ってしまったのではないかということだった。

本当に迷惑でしかない。

これであの女狐は片付いたと安堵した私だったが、残念なことに、私とシアにできてしまった溝はなかなか埋まらないほど深くなっていた。


ある日私は、人で学園に行こうとするシアと同じ馬車に強引に乗り込み、一緒に登校することに成功した。これからは何を言われようとも、一緒に登校してやる！

「シア！　今日の放課後は、久しぶりに生徒会の仕事が休みなんだ。帰りにスイーツでも食べに行かないか？」

殿下に生徒会の仕事の休みをくれないと辞めてやると脅した結果、週一で休みをもらえることになったのだ。

生徒会の休みの日は、可愛いシアと一緒に放課後デートをして、蕩けるくらいに甘やかしてやろうかと考えていたのだが……

「お兄様。放課後に時間があるのでしたら、あの御令嬢のお見舞いに行かれた方がよろしいのでは？　あのお方はきっと、お兄様が来てくれるのを待っているはずですわ。私はお兄様の恋を応援していますのよ」

なんてことを……。あの女狐を消しても、女狐が残していった呪いの言葉は、まだシアを洗脳し続けているようだ。

「シア、何を言っている？　あの女が何を言ったのかは知らないが、私はあの女が大嫌いだし、婚約するつもりはない。大切なシアに危害を加えようとする女を、私が好きになるはずがないだろう。一番大切で、私が一緒にいたいと思うのはシアだけなんだ。シア……、私のことを信じてくれ」

私が必死になってシアへの思いを伝えると、一瞬でシアの頬が赤く染まった。

その表情、久しぶりに見られた。危険なほどに可愛すぎる……

「お、お兄様。しかし、お兄様には好きな方がいらっしゃいましたよね？　その方を誘われた方がよいのでは？」

こんなことになるなら、好きな人がいるなんて言わなければ良かった。

私の好きな人がシアだとまだハッキリと伝えることはできないし、義両親からも私が卒業するまではダメだと言われている。

私がシアへの気持ちを伝えてシアがそれを受け入れてしまったら……義両親の目の届かない学園で私が暴走してしまう恐れがある、それだけは絶対にダメだと、特に義母上《ははうえ》から厳しくストップをかけられているのだ。

自分の気持ちを伝えられないことが、こんなに辛いことだとは……

しかし、私はここで折れるわけにはいかない。

シアの周りには常に、煩い虫達が飛び回っているのだ。

私はほかの男にシアを渡す気はない。

「私の勘違いで、好きではなかったようだ（好きより上の最愛の人だから）。私は可愛いシアと行きたいから、シアを誘っているんだ。放課後に教室に迎えに行くから、必ず待っているように！」

「……はい」

よし！

顔を赤くして恥ずかしそうにしながらも、シアは返事をしてくれた。

「じゃあ、また放課後な」

別れ際、シアに軽くハグをし、額にキスをして、周りで見ている令息達を牽制することを忘れない。

シア……、私から逃げられると思うなよ。

第四章　記憶喪失になったら、兄との関係で悩みました。

お兄様と婚約すると言っていたラッセン伯爵令嬢が学園から消えたあたりから、またお兄様が強引になりつつある。

今日の朝は一人で学園に行こうと馬車に乗ろうとしたところで、お兄様がやって来た。

「シア、私も一緒に行く！」

えー、お兄様を狙う令嬢達に絡まれたくないから、程々の距離を取りたいのに。

お兄様と一緒に登校すると、目立つから嫌なんだよね。

「お兄様。私は急いでいるので、お先に……」

あー！　断る間もなく、お兄様は馬車に乗り込んでしまった。

降りろーとは言えないよ……

学園に着くと、当然のように私と手を繋ぎ歩き出す。

この人はただの兄よ……

久しぶりに手を繋がれて心臓がドクドクしているけど、この人は兄なの！

そんな時に、チクチクと視線を感じる。

お兄様、みんなに見られているんですけど……。でもお兄様は、そんなことはあまり気にしないのよね。

「シア！　今日の放課後は、久しぶりに生徒会の仕事が休みなんだ。帰りにスイーツでも食べに行かないか？」

それって……、デートのお誘いみたいじゃないの！

でも、この人はただの兄。しかも、本命の令嬢が別にいるの。

だめよ！　心を鬼にしてきちんと断らないと。

「お兄様。放課後に時間があるのでしたら、あの御令嬢のお見舞いに行かれた方がよろしいのでは？　あのお方はきっと、お兄様が来てくれるのを待っているはずですわ。私はお兄様の恋を応援していますのよ」

「シア、何を言っている？　あの女が何を言ったのかは知らないが、私はあの女が大嫌いだし、婚約するつもりはない。大切なシアに危害を加えようとする女を、私が好きになるはずはないだろう。一番大切で、私が一緒にいたいと思うのはシアだけなんだ。シア……、私のことを信じてくれ」

うっ……、大切なシアって言ってる。

あの女は好きではなかったってこと？

よくわからないけど、何で私はホッとしているの？

しかも、必死に話をするお兄様に、胸がキュンとしてきた。

ヤバいわ。しっかりしないと！

「お、お兄様。しかし、お兄様には好きな方がいらっしゃいましたよね？　その方を誘われた方がよいのでは？」

「私の勘違いで、好きではなかったようだ。私は可愛いシアと行きたいから、シアを誘っているんだ。放課後に教室に迎えに行くから、必ず待っているように！」

う、嬉しすぎる。やっぱりブラコンはやめられないかも。

「……はい」

「じゃあ、また放課後な」

チュッ！

……ちょっとー！

軽くギュっとした後に、爽やかにデコチューして行かないでよ。


「ティーア！　朝からお熱いわね」

「あのお義兄《にい》様も、段々と本気になってきたのかしら？」

「面白いわ！」

私は、親友達になぜか揶揄《からか》われている。

最近、私とお兄様が二人でいることが少なかったから、心配してくれていたのかもしれない。

「お兄様は、ラッセン伯爵令嬢が大嫌いだから、婚約はしないんですって……」

「……でしょうね。あの女はありえないって、言ったじゃないの」

私の言葉にルイーゼがあきれたように言う。

「ティーアは、お義兄《にい》様の婚約の話を鵜呑《うの》みにしていたけど、そんなことはないと思うわよ」

「そうよ。シスコンかもしれないけど、もっとお義兄《にい》様を信じてあげなさいよ」

「……うん。そうするわ」

ルルーシアからも言われてしまった。

最近、親友達がお兄様をはっきりとシスコン呼びしているのが少し気になるけど、間違えたことは言っていないのよね。

周りがシスコンとはっきり言えちゃうくらい、お兄様は私を妹として可愛がってくれているんだから、私は幸せだと思った方がいい。

でも、いつまでこの状態でいるのだろう？

お兄様は今年で学園を卒業するのに、何の浮いた話も聞かない。そろそろ恋人とか婚約者がいてもいいいと思うのよ。

私という妹の存在が、お兄様の出会いを邪魔しているとしたら……

何だか胸がズキズキしてきたなぁ。

今日は、私が嫌いな刺繍の授業のある日だった。

いくらやっても刺繍は好きになれそうになくて、少し苦痛な時間だ。

ルイーゼが準備をしながら尋ねてきた。

「ティーアは今日は何の刺繍をするの？」

「私はフルーツの刺繍でもするわ。簡単そうでちょうどいいかと思って」

「……フルーツ？　前は侯爵家の紋章や薔薇《ばら》などの難しいモチーフの刺繍をしていたけど、今のティーアは面白い刺繍をするのね」

「バナナとリンゴにしようかしら。ルイーゼは何を刺繍するの？」

「私は、婚約者候補の家の紋章を刺繍して彼にプレゼントするわ」

「そっかー。いいなぁ。恋人への贈り物ね」

「あら、ティーアはお義兄《にい》様にプレゼントすればいいじゃないの。喜んでくれるんでしょ？」

「バナナとリンゴの刺繍なんて貰っても嬉しくないと思うけど」

しかしルイーゼは、出来上がった私の刺繍を可愛く包んで持たせてくれた。

「はい！　ティーアが刺繍したハンカチも包んでおいたわ。今日、お義兄《にい》様と出掛けた時に、必ず渡すのよ」

「……ありがとう。私の刺繍の出来は微妙だけど、ルイーゼが可愛くラッピングしてくれたから、渡してみるね」

「ふふっ。きっと喜んでくれるわよ」

ルイーゼは面倒見が良くて、優しいなぁ。

わざわざラッピング用の紙やリボンを用意して、私の分まで包んでくれるんだもん。

綺麗だし、一緒にいて落ち着くし、ルイーゼの恋人は幸せだろうなぁ。

ボーっとした私とは大違い。私も、もっと素敵な令嬢になりたい……

お兄様のただのオマケのような妹でいるのは辛いもの。

放課後、笑顔のお兄様が教室まで迎えに来てくれた。

「シア、待たせたな。行こうか！」

「はい、お兄様」

お兄様は王都で流行りのカフェを調べて予約までしてくれたらしい。

可愛らしい店に美味しいケーキと紅茶があって、店内はお洒落で居心地のいい店だった。

そして、店内にいるマダムや令嬢達がお兄様を見ているような気がする。

私のお兄様は、誰が見てもイケメンってことだよね。本当に自慢の兄だわ。

「お兄様、お茶もケーキも美味しいですわ。誘ってくださってありがとうございます」

お兄様は、フワッと微笑んでくれる。

ああ、やはりその笑顔は尊いわ！

「シアが喜んでくれて良かった。また一緒に来ような。……嫌だって言っても、強引に連れてくるけど」

兄がカッコ良すぎて辛い。多少、強引でもお兄様なら許してしまうよ。

でも、いい歳していつまでもブラコンでいられないのよ。

「お兄様。妹の私ばかり構ってないで、お兄様の時間も大切にしてくださいね。誰か素敵な方がいらっしゃるなら、その方との交流も大切にしてください。お兄様は、うちの侯爵家の大切な跡取りなのですから、婚約者を決めることも大切だと思うのです」

「シアはそんな心配しなくて大丈夫だぞ」

何が大丈夫なんだろう？

イケメンでモテるからそんなことは必要ないってことかな？

それとも、記憶を失い、婚約解消までした可哀想な妹に、自分の心配をしてもらうのは悪いって気持ちで言ってくれているのかもしれない。

その時、令嬢らしき声が聞こえてくる。

「失礼いたします。ロバーツ様、ご機嫌よう。私、隣のクラスのローズ・ザリーですわ。このような場でロバーツ様とお会いできるなんて……。ふふっ、運命かしら！」

ザリー伯爵家の御令嬢？　お兄様と同じ学年に在籍しているのね。

しかし、あのラッセン伯爵令嬢といい、この世界の令嬢達って積極的な人が多いと思うの。

それとも、これくらい積極的にならないとダメなのかな？

あれっ？

お兄様の顔が、みるみる険しくなっていく。

「……だから？　何の用だ？　用件を簡潔に述べてくれるか？　今私は、最愛の妹と二人きりの素晴らしい時間を過ごしているんだ。早く用件を言って下がってくれ」

「……えっ、ロバーツ様？」

勢いよくお兄様に声を掛けてきた令嬢が固まってしまった。まさか、ここまで冷たくあしらわれるとは思っていなかったのだろう。

お兄様が非常に感じの悪い男になっていて、妹の私ですらちょっと引いてしまったよ……

さっきまでの優しいお兄様はどこに行ってしまったの？

そんな態度は絶対にダメ！

イケメンなのに感じの悪い男だって認定されたら、『あいつイケメンだけど、性格悪いってよ』って陰口叩かれちゃうから。

「お、お兄様！　ご学友ではありませんか。ご挨拶して差し上げては？」

「学友ではない。ただ、同じ学年に所属しているだけの人物だ。知り合いでもないのに、なぜそこまでする必要がある？　せっかくシアと二人きりの時間を楽しんでいるのに、邪魔されて気分の良いものではないんだ」

あー、しょうがない。お兄様がこうなると手がつけられないんだよね。

学園に復帰して気付いたのは、お兄様は普段は激甘なくらいに優しいのに、自分の興味のない人にはありえないくらいに冷たい人だということ。

一緒にいる私の身にもなってよ。ロバーツ侯爵家は感じ悪いって思われちゃうんだから。

「ご機嫌よう。兄がいつもお世話になっております」

感じの悪いイケメン兄に代わり、妹の私が令嬢に挨拶するのだが……

「あら、貴女が噂の義妹《いもうと》さん？　あまりお義兄《にい》様にベタベタしすぎると、ブラコンの困った義妹《いもうと》がいるって、お義兄《にい》様に迷惑が掛かってしまうわよ。優秀なお義兄《にい》様の足を引っ張らないように、せいぜい気を付けることね。婚約が解消になって、傷モノになったのだから、行動に注意しないと、名門侯爵家に泥を塗ることになってしまうわよ」

うわー！　私が一番気にしていることをピンポイントで攻撃してきたな。

お兄様に冷たくされたからって、妹の私を狙ってきたのね！

こっちは気を遣って挨拶したのに。この令嬢もお兄様みたいに感じ悪すぎだから。

んっ？　お兄様から冷気のようなものを感じるような……？

もしかして……、ロバーツ侯爵家の令嬢が格下の令嬢に言われっぱなしだなんて許さない、しっかりしろって怒っているのかもしれない。

よーし！　私だってルイーゼ達みたいに、毅然と言い返してやるんだから。

「ふふっ。妹に嫉妬する程、余裕がないようですわね。お兄様、御令嬢を相手にして差し上げないと、こんな風に妹の私が攻撃されてしまいますのよ。嫌味ったらしく絡まれて、何かと面倒ですので、お兄様が御令嬢の話を聞いてあげてくださいませ」

「な、何よ？　ブラコンって言われて、そんなに悔しいの？」

この令嬢もなかなか面倒だわ。お兄様に相手にされないからって、こっちに話を振らないでほしいよ。

「ザリー伯爵令嬢。お前は私の最愛の義妹《いもうと》に、わざわざ嫌味を言いに来たのか？　義妹《いもうと》をブラコン呼ばわりしているが、家族として当然の愛情だ。私としては今以上にブラコンになってほしいくらいだ。全て私自身が望んでいることなのだから、何の問題もない。さっきから黙って聞いていれば、私の義妹《いもうと》を傷モノ呼ばわりして侮辱し、更にはお前に関係のない侯爵家にまで口を出したな？　後日、ロバーツ侯爵家からザリー伯爵家に正式に抗議させてもらう。縁談の話も迷惑だから今後は絶対に寄越すなよ！　さっさと立ち去るがいい！」

「……っ！」

このお兄様は、聞いていて恥ずかしくなることをペラペラと……

そんな私とは対照的に、ザリー伯爵令嬢は泣きそうになりながら、店から出て行ってしまった。

イケメンが怒ると迫力があって怖すぎる。

お兄様のあの綺麗な瞳で睨みつけられたら、誰だって泣きそうになるし、この場にいるだけの私まで凍りついてしまいそう……

「……お兄様、あの令嬢がすごく感じが悪いのは認めますが、もしかしてお兄様と仲良くなりたかったのでは？」

「ザリー伯爵家からは何度か縁談の申し込みがきていて、その都度断っている。しつこくて困っているから、勘違いされないようにしているだけだ」

あの令嬢も、お兄様が好きで必死なんだなぁ。

でもあんな令嬢とお兄様が結婚したら、私はまたイジメられちゃうよ。

お兄様に近寄ってくる令嬢ってラッセン伯爵令嬢といい、さっきの嫌味令嬢といい、性格に難がある人ばっかりだ。もっとマシな人はいないのかなぁ。ちょっと癖の強い人に好かれているよね。

お兄様の将来が少し心配になってきたよ。

「それよりシア。さっきの悪女のせいで、せっかくの雰囲気が台なしになってしまった。場所を変えようか？」

「そうですね。ほかのお客様からの視線も気になりますし……」

「わかった。じゃあ行こうか！」

天気が良いので、その後は街中を二人で散歩することになった。

お兄様と手を繋いで歩いていると、可愛いお店がたくさんあることに気付く。

「シア。気になる店があるなら、入って見てもいいんだぞ」

「……いいのですか？」

「もちろんだ」

私は、気になっていたアクセサリーショップに入ることにした。

普段使いの髪飾りがほしかった私は、店内を見て回る。学園に着けていけるような、あまり派手ではないデザインの髪飾りを探していたのだ。

「シア、これなんてどうだ？」

「可愛いですわ。学園に着けて行きたいので、制服に合わせやすい、あまり華美ではない物を探していたのです」

お兄様が選んでくれたのは、前にプレゼントしてくれたネックレスと同じ色の、青みのかかったダイヤモンドのような宝石の髪飾りだった。

あのネックレスと一緒に、普段使いにできそうだからいいかも！

「これなら、可愛いシアに似合うと思う。これを買っていくか？」

「いいのですか！　ありがとうございます」

女性の長くなりがちな買い物に笑顔で付き合ってくれるだけでなく、私好みの物をさり気なく選んでくれるセンスのいいお兄様は、本当に恋人として理想的な人だよね。

「お客様、そちらの髪飾りと同じ原石から作ったブローチやカフスボタンもございます。髪飾りとお揃いで身に着けたいと、カップルに人気なのですが、よろしけ……」

「すぐに見せてもらえるか？」

「……はい！　すぐにお持ちします」

被せ気味に答えたお兄様は、店員さんが出してくれたブローチやカフスボタンを真剣に眺めている。

カップルじゃないのに、お揃いなんていいのかな？

「学生の方だと、制服のブレザーに合わせやすいシンプルなデザインのブローチと、こちらのネクタイピンなどが人気でございます」

「なるほど……、では両方とも貰おう」

「ありがとうございます！」

店員さんは嬉しそうだけど、本当にお揃いの宝石を買っちゃっていいのかな？

また、みんなにブラコンとかシスコンって笑われちゃったりして……

「シア、髪飾りを着けてやろう」

ここですぐにお兄様が着けてくれるの？

恥ずかしいけど、そんなキラキラした笑顔で言われたら……

「……よろしくお願いいたします」

「まあ！　お嬢様にとてもお似合いですわ」

「シア、とても似合っている。私のブローチはシアが着けてくれるか？」

「……はい」

顔が燃えるように熱い……

お兄様の胸元にブローチを着けるだけで、こんなに恥ずかしい気持ちになるなんて。

「まあ！　こちらもとてもお似合いですわ。二人ともお美しくて、素敵なカップルですわね。もしかして婚約されているのでしょうか？」

「いえ、私達はき……」

「まだなんだ」

私が兄妹だと言おうとする前に、笑顔のお兄様に話を遮られてしまった。

『まだ』なんて言ったら、いずれ婚約する予定のカップルみたいに思われてしまうよ。

「そうでしたか。当店では婚約指輪や結婚指輪の製作もしております。もし、婚約がお決まりになりましたら、ぜひ見にいらしてくださいませ。希望の宝石を原石から取り寄せ、一流の職人がお客様好みに仕上げさせていただきますわ。カップルのペアリングも人気商品でオススメです」

「ありがとう。その時は世話になろう！」

「………」

お兄様ってばニコニコして、私達はカップルだというような態度を取るなんて。

お兄様が大好きだから嬉しいけど、虚しい気持ちになるのはなぜだろう……？

帰りの馬車の中で、私は授業で製作した刺繍のハンカチをお兄様に渡すことにした。

「お兄様。刺繍の授業で作ったハンカチなのですが、良かったら受け取ってください」

「シア……、いいのか？」

「お兄様の好みには合わないと思うのですが……」

「シアが作ってくれた物は何だって嬉しいんだ。受け取らせてくれ！」

お兄様は、心の底から嬉しいって顔をしていた。

カフェでザリー伯爵令嬢を睨みつけていた時と同一人物とは思えないほど、優しくて温かい目で私を見ている。

「シア、これはリンゴとバナナの刺繍か？」

「……はい。もっと淑女らしい、素敵な刺繍をすべきなのでしょうが、私はあまり刺繍が得意ではなくなったようです。そんなフルーツの刺繍なんて、恥ずかしいですよね。雑巾代わりにでもしていただいて構いませんので」

「とても可愛いよ。この刺繍を見ていると、リンゴとバナナが食べたくなるし、元気を貰える気がする。とても気に入ったよ。これは私の宝物にする。シア、ありがとう」

子供が落書きでもしたような刺繍のハンカチを本気で喜んでくれるのは、世界中探してもこのお兄様しかいないような気がする。

「お兄様、喜んでくださってありがとうございます。でも、記憶を失う前の私が作った刺繍の方がよくできていますよね？　その時の作品と今の私が作った物を比べて、ガッカリしないでくださいね」

「……」

えっ？　お兄様が一瞬だけ表情を曇らせたような気がする。

私、何かいけないことを言ってしまったかな？

「シア。記憶を失う前のことは気にするな。シアはシアなんだから、そのままでいいんだ。実を言えば、記憶喪失になる前のシアからは、刺繍のハンカチを貰ったことはないんだ。だから、比べることなんてできないし、今のシアがくれた刺繍のハンカチしか知らない。私は、こうやってシアがプレゼントしてくれたことが嬉しくて仕方がないのだ」

「……そうでしたわ。記憶を失う前の私は、刺繍のハンカチは孤児院に寄附していたと聞きました」

お兄様がここまで喜んでくれるなら、記憶喪失前の私もお兄様に一枚くらいはプレゼントしてあげれば良かったのに。

「もし、今のシアと記憶喪失になる前のシアを比べて、何か言ってくる者がいるようなら私が黙らせる。その時は一人で悩まずに何でも話してほしいんだ」

そのことを心配してくれていたのね……

本当に優しい人なんだなぁ。

「お兄様、そのようなことを言ってくる人はいませんわ。ご心配をおかけしました」

「……それならいいんだ。それよりも、生徒会は週に一度は必ず休みをくれることになったから、来週も放課後に二人で出掛けような」

「はい……。来週も楽しみにしていますわ」

◇　◇　◇

この国では十六から十八歳で、デビュタントになる。

今年十六歳の私達はもうすぐそのための夜会があるので、教室ではドレスの話やパートナーの話で盛り上がっていた。

「ねぇ、ティーアはお義兄《にい》様がパートナーをするのでしょう？」

「お兄様はそのつもりでいるみたいだから、お願いしようと思っているわ。ルイーゼは、あの年上の恋人がパートナーをするの？」

「それが、彼はまだ婚約者候補みたいな感じで、正式に婚約していないのよ。だから、今回は従兄妹のお兄様にお願いしてあるわ」

「仲が良いのだから、早く正式に婚約してしまえばいいのに……」

「うん。今年中には婚約する予定よ」

ルイーゼは幸せそうで羨ましいなぁ。

婚約者がいない場合、身内にパートナーをしてもらう人が多い。私の場合はお父様かお兄様、従兄弟あたりに頼もうかとお母様と話していたのだが、お兄様がパートナーになると先に申し出てくれたのだ。

そして、デビュタントの準備に一番張り切っているのはお兄様だったりする。

ダンスレッスンに付き合ってくれたり、ドレスやアクセサリーを選ぶのにも口を出したりしてくるのだ。

「うーむ。その色だと、あの憎い元婚約者を想像させてしまうからダメだ。シアは、もっと淡い色が合う。シアの可愛らしさを引き立てる、淡い色のドレスがいいな」

「クリスが主役ではないのに、口を出しすぎなのよ」

「義母上《ははうえ》。シアのデビューは、私にとっても重要な式典になるのです。これに関しては私も黙っているわけにはいきませんよ」

「……ハァー。クリスがここまで煩い男になるとは思わなかったわ」

デビュタントの準備を仕切りたいお母様と、なぜか張り切るお兄様で意見が衝突することが頻繁にあり、間に挟まれた私が一番疲れるという展開がしばしばあった。

ドレスの色に指定はないが、デビュタントは頭に白薔薇を飾るのがこの国の習わしらしい。

結局、ドレスは薄い水色、ネックレスはサファイアにして、私の目の色に合わせてみた。

慌ただしく準備をしていると、あっという間に式典当日を迎えた。

私は、早朝から張り切るメイド達に全身を磨かれている。

「お嬢様、とてもお美しいですわ」

「本当ですわ！　今日はうちのお嬢様が一番美しいでしょうね」

メイドが優秀だからか、いつもより三割増しくらいに綺麗に仕上がっているように見える。

ふぅー。無事に準備が終わって良かったよ。

鏡で自分を眺めて出来上がりをチェックしていると、ドアがノックされる。

「お嬢様、クリストファー様がいらしてますわ。中に入っていただいてもよろしいでしょうか？」

「お兄様が？　ええ、大丈夫よ」

すぐにお兄様が部屋に入って来た。

目を輝かせて褒めてくれる。

「シア！　いつも可愛いけど、今日はいつも以上に可愛くて美しいよ。こんなに美しいシアをエスコートできる私は、この世で一番の幸せ者だ。本当は、こんなに美しいシアをほかの男になんて見せたくない。私だけの空間に大事に仕舞っておきたいくらいだ。でも、そんなことをしたらシアは悲しむだろうし、許されないのはわかっているから我慢するよ。今日は、美しいシアを群がる虫達から私が守るからな」

お兄様は、デビュタントの準備に熱心に協力してくれていたから、こうやって無事に当日を迎えられたことに対して、本気で喜んでくれているのだろうなぁ。

でも、大事に仕舞っておきたいなんて、もう！　お兄様ったら、妹相手にすごいことを言うんだから。

だけど、大好きなお兄様からそんな風に言われたら、私も嬉しくなってしまうなぁ。

しかも、私のドレス姿よりお兄様の礼装姿の方が素晴らしいわ！　今日の主役はお兄様で間違いないわね。

お兄様は私のドレスと同じ色のポケットチーフをしているし、なんだかお揃いにしたみたいで恥ずかしくなってしまうよ。

「お兄様こそ、とっても素敵です。今日はお兄様が一番カッコいいでしょうね。私の自慢のお兄様ですわ」

「……そ、そうか。シアにそう言ってもらうと、嬉しくなってしまうな」

照れるお兄様も素敵だし、可愛いわ！

自慢のカッコいいお兄様のエスコートで宮殿のデビュタント会場に向かうと、いろいろな人にチラチラと見られる。

お兄様がカッコいいから目立つのよね。

先に歩くお父様とお母様はさすが場に慣れているようで、たくさんの人がいるのに堂々とした振る舞いだ。

「シア、今日は絶対に私から離れてはいけないからな。黙って私から離れたり、一人でどこかに行こうとしては駄目だぞ。約束できるか？」

「はい。約束いたしますわ。流石にここまで人が多いと、迷子になってしまいそうですもの」

お兄様はまるで幼い子供に言って聞かせるように、夜会で注意すべきことを私に話している。

自分でも、ちょっと抜けているところがあるのはわかっているから、お兄様が心配するのは仕方がないのかもしれないけれど、デビュタントを迎える私としては、年相応の扱いをしてほしい。

「シア、バルコニーに一人で行くのは禁止だ。どうしても行きたい時は、必ず私が付き添う。人気《ひとけ》のない場所に行くことや、会場の外に一人で行くこともダメ。花摘みに行きたい時も必ず私に言ってほしい。知らない人物から勧められた飲み物は、絶対に口にするなよ」

「お兄様、心配なのはわかりますが、せっかくのデビュタントの夜会でダメなことばかりでは？少し厳しすぎると思いますわ」

「厳しくしているつもりはない。夜会がそれだけ危険な場所だということなんだ。知らない男に話しかけられても無視すればいい。初対面で馴れ馴れしく話しかけてくるような男は、大抵怪しい奴だ」

社交の場で、自分より身分の高い人がたくさんいるのに、無視なんてできるはずないでしょ？

お兄様は何を言っているのよ。

「お兄様、流石に誰かに話しかけられて無視はできませんわ。ロバーツ侯爵家の教育を疑われてしまいます」

「シア。そういうお人好しなところに、世の男達はつけ込んでくるんだ。尻拭いは全て私がするから何の心配もない。大丈夫だからな」

本当に大丈夫なのかな？

確かに用心すべきことはたくさんあるけれど、お兄様が過保護なのも問題だよ。

デビュタントとして参加する場合、夜会が始まる前に爵位の低い順から国王陛下に挨拶をするらしい。すでに男爵家と子爵家は挨拶を終え、今は伯爵家が並んでいるようだ。

バチっ！

挨拶に並んでいる伯爵家を見ていると、前にお兄様とカフェに行った時に絡んできた、ザリー伯爵令嬢と目が合ってしまった。

しかも、目が合った後に、一瞬だけ私を睨みつけなかった？

テンション下がるなぁ。

……えっ？　ザリー伯爵令嬢が感じ悪いと思っていたら、怯えるように目を逸らされて背中を向けられちゃった。

何があったの……と思ったら、隣にいるお兄様がすごい殺気を放ってザリー伯爵令嬢を睨みつけているじゃないのよ！

「お、お兄様……、今日は優しいお兄様でいてくださいね」

「おっと、すまない。シアを守ろうとすると無意識に殺気立ってしまうという、悪い癖がついてしまったようだ。シア……、あの悪女はもう気にしなくていい。この前、カフェでシアとうちの侯爵家を侮辱したことを義父上《ちち》からザリー伯爵家に強く抗議してもらった。私達には絶対に近づかないという念書まで書かせたんだ」

お兄様が怖いのか、お父様が怖いのか？

それとも、過保護なうちの家族がやりすぎなのか……？

「……お兄様、私を守ろうとしてくださるのは嬉しいのですが、私はあまり揉めることは好きではありませんので、できれば穏便に済ませてくださいね」

「ああ、もちろんだ。シアは優しいから、揉め事は望まないことは私もわかっている。しかし私としては、格上の侯爵令嬢であるシアにあんな態度を取るような令嬢は、すぐに修道院送りにしてやりたいくらいだ。だがそれは、やりすぎだと義父上《ちち》から制されてしまったんだよ。その代わり、またシアを侮辱してきたり、シアに危害を加えたり、変な噂話を流したりしたら、次は修道院に入れるという、念書を伯爵に書かせた。これは私の中ではかなり穏便に済ませた方だぞ。私なりに、可愛いシアのために我慢をしたんだ」

見惚れるくらいの眩しい笑顔で、物騒なことを当然のように話すお兄様。もう立派な末期のシスコンだわ……

でも、私を守るために動いてくれたとわかるから、それは素直に嬉しかった。

さっきのザリー伯爵令嬢はお兄様を見つめていて、隣にいる私とうっかり目が合ってしまったのだと思う。

お兄様はカッコいいけど、あのザリー伯爵令嬢に対する接し方は最悪だった。

ザリー伯爵令嬢はあんな酷い態度を取られても見つめてしまうくらい、それほどにお兄様が好きだったのね……

そんなことを考えていたら、陛下への挨拶が侯爵家の番になる。

あれ？　あの後に立っている美形令息は、前にラッセン伯爵令嬢にビンタされそうになった時に助けてくれた人だ！　同じ侯爵家の令息だったのね。

「……シア？」

「お兄様、あの侯爵令息がラッセン伯爵令嬢から助けてくださったのです。お礼をお伝えした方がいいでしょうか？」

「ああ、あのことか。助けてもらったことは聞いていたから、私からあの者に礼は伝えておいた。何もしなくとも大丈夫だぞ」

「そうでしたか。ありがとうございました」

あっと言う間に、うちの侯爵家が国王陛下に挨拶する番になった。

陛下の隣にはお兄様のご学友でもある王太子殿下が立っていて、お兄様と殿下が何かを目でやり取りしているかのように見えた。本当に仲が良いのねー。

陛下と王妃殿下から一言ずつお祝いの声を掛けてもらい、無事に挨拶を終える。王太子殿下のあの何とも言えない笑顔が気になったが……、気にしないでおこう。

国王陛下と王妃殿下、王太子殿下と婚約者がダンスをした後にデビュタントのダンスが始まるが、人数の都合で下位貴族と上位貴族で二つに分かれて踊るらしい。

先に男爵家と子爵家が踊るみたいだけど、男爵家と子爵家は思ったよりもたくさんいるんだなぁ……。

あっ！　ダンスを見ていて、つい見つけてしまったよ。元婚約者の彼女を。

一緒に踊っているのは、あの令嬢のお父様かな？

令嬢とはあまり似てなくて、小太りでカッコいいとは言えないオジさんだった。

うーん、親子の仲が悪いのかな？

あまりいい雰囲気ではないように見える。しかも、ダンスがあまり得意じゃないらしく、悪目立ちしているようだ。

何よりも、ドレスが彼女に似合ってない気がするんだよね。

派手なのが好きなのかなぁ？　なんだか古いデザインにも見える。

あの令嬢は見た感じは小柄で可愛らしいのだから、もっと可憐なドレスが似合うと思うの。

私の元婚約者といい感じなら、ドレスくらいプレゼントしてもらえば良かったのに。しかも、お父様と踊っているってことは、まだ二人は婚約はしていないってこと？

わからないことばかりだよ。でも誰にも聞けないし、聞いたところで元婚約者に未練があるって思われたくない。そんなことを聞いたら、お兄様がまた心配しちゃうかもしれない。

そんなことを考えていたら、私達が踊る番になったようだ。

「シア。私と踊っていただけますか？」

パーティー会場のシャンデリアに負けないくらいにキラキラしたお兄様が、私に手を差し出して微笑んでくれている。

ああ……、こんな場所でもお兄様の笑顔は尊い。

お兄様はやっぱりカッコ良すぎるよ。

嬉しくて、変な顔で笑ってしまいそうになるけど、この場所ではいろいろな人達に見られているから、だらしない顔はしちゃダメなの！

しっかりしろ、私！　気を抜くと鼻血が出ちゃうから、気合いを入れて頑張るのよ。

「はい。喜んで……」

こんな素敵なお兄様と、デビュタントのダンスが踊れるなんて、幸せだなぁ。

婚約者がいたらお兄様にエスコートしてもらえなかったし、一緒にダンスを踊ることもできなかっただろうから、婚約解消しておいて良かったなぁー！

お兄様と広間の中に出て行くと、周りはみんな顔見知りだった。

ルイーゼ達やクラスメイトの友人がたくさんいたので、何となくリラックスして踊れそう。

それに、お兄様とは練習で何度も一緒に踊っているから、安心して踊ることができるんだよね。

「シア。今日はシアとファーストダンスが踊れて嬉しいよ」

このお兄様はダンスの最中であっても、最高の笑顔で私の嬉しいことを言ってくれる。

「お兄様、私もですわ。お兄様が練習に付き合ってくれたおかげで、こうやって楽しく踊れますし、お兄様がいてくれて本当に良かったです」

「……シア。私もシアがいてくれて、すごく幸せなんだ」

神様ー！　ご馳走様です。

お兄様とダンスを終えた後、同じクラスのケリー様がダンスに誘ってくれる。

お兄様は、何か言いたそうにしていたが、いつもお世話になっているからと説明すると、近くで待っているからと言ってくれた。

ケリー様とも楽しく会話しながら踊り、その後にクラスメイトの令息二人と踊る。

さすがに疲れてきたけど、そこにお父様が来てくれた。お父様とも一曲踊った後にやっと休憩することになった。

「シア。あっちで休憩してこようか」

「はい」

お兄様と飲食スペースに移動すると、たくさんのご馳走が並んでいた。

美味しそうな食べ物を見たらお腹が空いてきたかもしれない。

「喉が渇いているだろうから、私が何か飲み物を持ってくる。ここで待っていてくれ。誰かについて行ってはダメだぞ」

「お兄様、わかっておりますわ」

しかし、お兄様が飲み物を取りに行き、私が一人になったタイミングで、お約束のように事件は起こった。

私が一人で料理を眺めて何を食べようかと考えていると、どこかで聞いたことのある声がする。

「ねぇ、アンタも私を見て笑ってるんでしょ？」

えっ？　この声は、元婚約者の彼女だよね。

この場でまた絡むの？

ひぇー！　目が据わってる。

まさか酔ってるの？

いくらデビュタントを迎えても、この場で酔うほど飲まないでよ。

「ねぇ、私を馬鹿にしてるの？　黙ってるけど、こんなドレスでダサいって思っているんでしょ？しょうがないじゃない。親戚のお下がりのドレスしかなかったんだから」

なぜ私が、この令嬢にドレスについての八つ当たりをされなければならないのか……？

楽しい気分をぶち壊され、顔が引き攣る私は言葉が出てこなかった。

「何とか言ったらどうなのよ！」

「ドレスくらい、貴女の恋人に買ってもらえば良かったのではないですか？　せっかく私が、貴女方二人の幸せのために身を引いたのですから」

　理不尽な八つ当たりにイライラしてきた私は、つい本音を言ってしまった。

「何ですって……？　アンタのせいで私はこんな思いをしているのに。許せない！」

　逆ギレするの？

　うわー、ワイングラスをこっちに向けてる！　かかっちゃうよー。

　……あれっ？　冷たくない。

　恐る恐る目を開けると、私の前には、以前ラッセン伯爵令嬢から助けてくれた美形令息がいた。

　もしかして、盾になってくれたの？

　ひえー！　美形令息の衣装がワインで濡れちゃっている！

　何ということを……

「私との約束を破ったな！　どうなるかわかっているよな？」

　美形令息は、低い声で彼女に問いかけている。

　前に助けてもらった時は、優しい口調で喋る人だと思ったけど、今日のこの声の感じは、相当怒っているな……

「ひっ！　リアン様……」

　美形令息はリアン様って名前のようだ。

「私はお前を絶対に許さない！　お前のような女はこの場に相応しくない。さっさと出て行け！」

顔色を悪くした彼女は、逃げ出すように去って行った。

ハァー、助かったわ。でも、私を庇ってワインがかかってしまった美形令息の白い衣装が、非常に残念なことになってしまった。ワインだからシミが残るかもしれない。

どうしよう……

「申し訳ありません。私のせいで、衣装が汚れてしまいましたわ」

「気にしないでくれ。全て私が悪いのだ」

さっきまで鬼の形相だった美形令息の表情が、一瞬で穏やかになっていた。

でもどうしてこの人は、こんなに悲しげな目で私を見るのだろう？

それに『私が悪い』って何のこと……？

でも、白い衣装にワインをかけられたら誰だって悲しくなるか……。私なら泣いていたかもしれない。

本当に申し訳なかったなぁ。

「……あの、これで拭いてください。本当に申し訳ありませんでした」

私は、慌ててハンカチを渡そうとするのだが、美形令息は受け取ろうとはしなかった。

「いいんだ……。これは私への罰なのだから」

フッと寂しそうに笑う令息。

罰って何のこと……？

「私はこれで失礼させてもらうよ。今更だけど、デビュタントおめでとう。素敵な夜を……」

美形令息はそれだけを言うと行ってしまった。

何かが引っかかる。

しかも、私を庇ってだから、罪悪感に苛まれるよ。

「シア、遅くなって悪いな。飲み物コーナーが混んでいて時間がかかってしまったんだ。……何かあったのか？」

軽く落ち込む私を見て、心配そうにするお兄様。

私は、今あったことをすべてお兄様に打ち明けることにした。

「あの女がまたシアに絡んでワインをかけられそうになったところを、さっきの侯爵令息が助けてくれて、シアの代わりにワインがかかってしまったってことか……」

「はい……。申し訳ないと思いまして」

「あの令息には私から礼を伝えておくから、シアは気にしなくていいぞ。シアみたいな可愛い子なら、誰だって助けたいと思うから、しょうがないんだ。それよりも、あの女は何度警告してもわからないようだから、そろそろ始末した方が良さそうだな……」

今、お兄様はシスコン発言をした後に、サラッと始末した方がいいって口にしていた。

始末って何をする気なの？

「お、お兄様？　あまり怖いことはなさらないでくださいね」

私は、お兄様の顔が一瞬だけマジな顔になっていたことに気付いてしまったのだ。

イケメンの真顔は、整いすぎているが故に恐ろしい時があるよ。

さっきのお兄様の表情は、暗殺者でも雇いそうな顔に見えたよ。

私は大好きなお兄様に、犯罪者にはなってほしくないの！

「シアが悲しむようなことは絶対にしないから大丈夫だ。ほら、飲み物のほかに、シアの好きそうなケーキも持ってきたぞ。王宮のケーキは美味しいって評判だから、食べてみるといい。私が食べさせてやろうか？」

「自分で食べます……」

さっきの恐ろしい表情から、一瞬にして優しい表情に戻るお兄様。

お兄様って、喜怒哀楽がハッキリしているよね……

「お腹が空いていたので、早速頂きますね。私の好みのケーキを持って来てくださってありがとうございます」

「シアの好みは、何でも知っているからな。あそこのイスに座って食べよう」

その後は、王宮名物のケーキをたくさん食べて、私は満足して帰ることができた。

そして波乱のデビュタントから数日後、私は学園ですごい話を耳にすることになる。

「ねぇ！　ティーアによく絡んでいたゾグラフ男爵令嬢が退学したらしいわよ」

「……どうして？」

確かに、デビュタントで絡まれて以来、あの令嬢の姿は見てなかったと思う。

「それがね……、噂で聞いたのだけど、あの令嬢はいろいろな殿方をたぶらかしていたらしいわよ。しかも、問題ばかり起こしていたから男爵家から勘当されたって話もあるのよ」

はい？　そんなすごい女に、私は婚約者を略奪されていたの？

「それって本当なのかしら？」

「ずいぶん前から、常識がない、作法がなっていないとは言われていたわよね。令嬢には酷い態度だったけど、殿方には媚を売っていたし、爵位の低い令息達と、昼休みに学園の倉庫の中に入って行く姿を大勢に見られていたらしいわよ」

「昼休みに倉庫……？　それって……」

「数人の令息とねんごろな関係だったみたいよ」

「すごい方だったのね……。驚きだわ！」

昼休みに、学園の倉庫に令息と入って行くところを見られたら、誰だって疑われちゃうよ。

もしかして、私の元婚約者ともそんな関係だったのかな？

ほかの令息との浮気がバレてあっさり破局したとか！

元婚約者の不貞で私は婚約を解消したけど、元婚約者も更に不貞されていたら笑えるよね。

「いろいろな子息と関係があったらしいことは有名よね。元々、男爵の婚外子で平民の生活をしていたらしいから、この学園に馴染めていなかったでしょ？」

「この学園を卒業しなければ家名を保てない決まりよ。退学ということは除籍されたのかしら」

「そうね。問題児で嫌われていたし、ティーアに嫌がらせして絡んで迷惑だったから、いなくなって良かったわよ。貧乏男爵家の令嬢が侯爵令嬢のティーアに絡むなんておかしかったもの」

「私もそう思うわ。これで平和な学園生活を送れるわね。ティーア、良かったわね！」

「そ、そうね。平和が一番よ」

親友達もクラスメイト達も、あの女が退学になったことを喜んでいるようだった。

私も、もう絡まれることがないのは嬉しいとは思ったのだけど……

何があったのか気になってしまうよ。

もやもやを抱えた私は、その日の夜にお兄様に聞いてみることにした。

「お兄様。ゾグラフ男爵令嬢が退学になったと噂で聞きましたが、何があったのでしょうか？」

「さあ？」

お兄様は、涼しい顔でハーブティーを飲んでいる。

「あの……、お兄様は何か知っているのでは？」

「あまりシアには言いたくない話だが、気になっているようだから私が知る範囲で教えるよ」

「はい。お願いします」

「あのデビュタントの日にシアにまた危害を加えようとしたと聞いて、侯爵家からゾグラフ男爵家に苦情を入れようかと思っていたんだが……」

やっぱりお兄様が何かしたのね。

お兄様は怒ると怖いからなぁ。

「男爵家に連絡を取ったら、あの女を家から除籍して追い出したので、許してくださいって言われたんだ。もう男爵家とは関係なくなってしまったから、男爵に苦情を言うのはやめた。しかも貴族じゃないなら、学園も退学になるだろう？　私達の目の前から消えてくれるならそれでいいかと思ってな。私がしたのはそこまでだよ」

ホッ……！　お兄様が暗殺者を雇わなくて良かったー。本気で心配していたんだから。

「ただ……、あの女はほかの高位貴族も怒らせていたんだよ。それが良くなかったようだな」

「えっ！　ほかの家門も怒らせたのですか？」

「そのようだ。前から、自分の行動には気を付けろと言われていたにもかかわらず、好き勝手にやりたい放題だった。そのお陰で、男爵家は高額の慰謝料を請求され、困窮したようだ」

確かに、好き勝手やっていたよね。

貴族の学園で身分の低いはずの男爵令嬢が、あんなに態度が大きいことも驚いたし。

「あの女の家門は、田舎の貧乏男爵家らしい。男爵の婚外子として市井《しせい》で育ったらしいが、男爵家の政略結婚の駒になら使えると思って引き取られたようだ。でも、全く役に立たないし、問題ばかり起こした結果、高額の慰謝料を請求され、男爵は仕方なくあの女を娼館に送ったらしい」

「娼館ですか……。そこまでしなくても……」

「侯爵家の縁談をぶち壊し、令息に媚薬を盛って既成事実を作ろうと計画を立てたり、侯爵令嬢のシアに危害を加えようとしたりしたのだから当然だ」

お兄様が厳しい表情で話している。

こうやって聞くと、あのゾグラフ男爵令嬢ってなかなか悪い女だったのね。

「私なら裁判に持ち込んでいたな。それで王太子殿下のコネでも使って、国外追放にしてもらえないか頼むつもりでいたのだ。しかし、私がそうする前に、ほかの家門がゾグラフ男爵家に圧力をかけたようだ。それであの女は男爵家から除籍されたらしい」

「そんなことがあったのですね……」

「今後私達の前に現れないなら、それで良しとすることにしたよ」

ゾグラフ男爵令嬢は逞しそうだから、どんな場所でもそれなりに楽しく生きていくだろうな。

しかし、私の元婚約者とは上手くいかなかったってことなのね。

不貞行為までして、記憶喪失になる前の私を苦しめたくせに……せっかく私が身を引いて婚約解消までしたのに、もう少し頑張ってほしかったよ。

「……シア？　深刻な顔をしてどうした？　あの女の話はシアには衝撃的だったよな。大丈夫か？」

「大丈夫ですわ。私が知りたくて話を聞いたのですから。ただ……、記憶を失う前の私は何だったのかなぁと虚しくなりました。記憶がないので、その時の私が不貞行為をする二人を見て、どう思っていたのかはわかりませんが、私は泣いて婚約解消をしたいと言うくらいには苦しんでいたのですよね？　私は婚約解消までして身を引いたのに……。どうせなら不貞行為をした二人には、結婚までしてもらいたかったですわ」

元婚約者もゾグラフ男爵令嬢も、ただの遊びの付き合いで、婚約者だった私を苦しめていたとしたら……、今更だけど腹が立つわ！

「……シア。もしかして、元婚約者とやり直したいと思っているのか？」

「それはないです！」

「あの女は悪評が広まって除籍されたから、今後はもう貴族には戻れないだろう。シアと元婚約者を邪魔した女はいなくなったのだから、またやり直したいと思ったのではないのか？」

お兄様はどうしてそんな不安そうにするのだろう？

私が不貞男とヨリを戻したいなんて思うはずはないのに。

「それは絶対にありえませんわ。私、浮気するような男性は大嫌いなのです。顔も知らない元婚約者ですが、今後もかかわらずに生きていきたいと思っていますわ」

「……そうか。それならいい。ただ、シアの記憶が戻って元婚約者のことを思い出したら、その時のシアはどう思うのだろうな……」

お兄様の様子がいつもと違う……

どうしてお兄様が泣きそうになっているの？

もしや、私の記憶が戻ったら、元婚約者との辛い日々を思い出して私がまた悲しむのではないかと、心配してくれているのかもしれない。

私を思ってくださるお兄様は本当に優しいなぁ。

無駄に心配して落ち込むお兄様が何だか可愛く見えてきちゃったよ。

「お兄様。たとえ私の記憶が戻ったとしても、元婚約者のことで悲しんだり後悔したりすることはありませんわ。それに、もし私が落ち込むようなことがあっても、その時は大好きなお兄様が側にいてくれますよね？　だから私は大丈夫です」

「シア……。もちろんだ。私はずっとシアの側にいる。シアが嫌だと言っても、私はシアから離れたくないんだ」

お兄様が私を抱き寄せてきた……

今日もお兄様はいい匂いがするし、程よく締まった胸板がセクシーだし、抱きしめられると温かくて心地よい気がするけど、鼻血が出てこないかが心配になって、素直に喜べないんだよ。

それに何なのコレ？

私は妹なんだよね？

時々、私はお兄様の恋人なのかと勘違いしそうになっちゃうよ。

お兄様がずっと私の側にいたいと言ってくれたことは嬉しい。

でも、私は妹なのよ。

最近のお兄様は、隠そうともせずに堂々と愛情表現をしてくるからこんな感じだけど、私は妹だという立場を忘れてはいけないの。

「お兄様。いつかお兄様に、心から愛する人が現れるまでは、いろいろと頼らせていただきたいですわ」

「私はシアを心から愛している……」

それは家族としての愛でしょ？

その言葉が私の口から出そうになるのを、何とか堪える。

シスコンが末期になると、家族愛を伝える時ですらこんな風に切なく囁いてくるのね……

何でだろう？　私まで切なくなってしまうよ。

何だか辛いな……

お兄様と仲良くなればなるほど、自分はただの妹なのに……と、虚しく感じて辛くなるのだ。

◇　◇　◇

しばらくの間、ハリス侯爵家領地で謹慎をしていた私は、また学園に復帰することになった。

「ジュリアン！　久しぶりだな」

「セドリックか」

友人のセドリックが話しかけてきた。

私が醜聞をさらした後でも、こうやって話しかけてくれる変わったヤツ。

そういえば私があの女、ミリアといる時に、横で私の行動に忠告をしてくれていたのもセドリックだった。

セドリックから私が謹慎で学園にいない間の出来事をたくさん教えてもらった。

学園に復帰して来たレティーが、別人のように雰囲気が変わってしまったこと。

近寄りがたいくらいに完璧な令嬢だったレティーが可愛らしい令嬢に変わってしまい、婚約者がいないこともあってモテモテらしいこと。

義兄《あに》がレティーの面倒をよく見ているようだが、家族とは思えない態度で接しているということ。

ミリアは侯爵家を怒らせた人間として、令嬢だけでなく令息からも嫌われているということ。

私は謹慎中に、レティーを思い出さない日はなかった。レティーを思い出しては後悔する日々を過ごしていたのだ。

彼女が元気になって学園に登校していると聞いてはいたが、記憶は戻っていないのだろうと予想はしていた。レティーの雰囲気が変わったとか、あの義兄《あに》が面倒を見ているとか、今までの彼女だったらありえない話だったからだ。

「ジュリアン、あの女にはもう関わるな！　わかっているよな？」

「ああ。私が全て悪かった。ミリアとはもう関わらないようにする」

「それならいい。気を付けろよ」

「セドリック、いろいろと申し訳なかった……」

「本当だ！　しょうがないヤツめ」

セドリックは懲りずに私に近寄ろうとするミリアを、一喝して追い払ってくれる。

しかし、あの女は本当にしつこい。あの感じだと、レティーにまた嫌がらせをしていてもおかしくないだろう。

あんな女に近づいた私が全て悪かったのだ。

バカそうに見えて、ずる賢く酷い性格でレティーを苦しめた悪女。

あの女には今後も注意した方が良さそうだ。


学園に復帰して数日経った日の放課後だった。

馬車停めまで一人で歩いていると、少し先をサラサラのストロベリーブロンドの美少女が歩いている姿が見えた。

あの髪色はレティーだ。前は髪をスッキリとまとめていたと思うが、髪型を変えたんだな……

今の髪型も似合っていて綺麗だ。

そんなレティーに話しかける令嬢がいた。あれは、同じ学年の傲慢な成金娘。たしかラッセン伯爵令嬢だと思う。

よく見ると、話しかけるというよりはレティーに絡んでいるようだった。あの二人は知り合いではなかったと思うが……

その時、ラッセン伯爵令嬢が手を振り上げているのがわかった。

「おい！　ラッセン伯爵令嬢。君より身分が上の令嬢に危害を加える気か？」

気付くと私の体は勝手に動いていて、ラッセン伯爵令嬢の手を押さえていた。

レティーに危害を加える者は絶対に許さない。

ラッセン伯爵令嬢はすぐに立ち去ったが、その直後に私は厳しい現実を思い知らされた。

「あの……、助けていただいてありがとうございました」

「……」

幼い頃、私がレティーに一目惚れをし、婚約してからはずっと一緒だった。

大好きだし、愛していた。レティーだけをずっと見てきた。だから、すぐにわかった。

レティーは本当に記憶を失ったのだ。私のことも忘れ、初対面だと思っている。

私の顔を見たら、もしかするとすぐに思い出してくれるのではないかと期待していたが、それは甘い考えだったようだ。

泣きたい気持ちを何とか我慢して、私は平静を装う。

レティーの話によると、ラッセン伯爵令嬢はレティーの義兄《あに》と婚約すると言って絡んでくるのだという。

レティーの義兄《あに》が、あの成金で有名なラッセン伯爵令嬢と婚約？　信じられない……

あの義兄《あに》はラッセン伯爵令嬢みたいなタイプは相手にしないと思うし、大嫌いだと思うが。

……それより、レティーと話をして思ったが、本当に雰囲気が変わってしまった。

以前は完璧な淑女だったレティーは、守ってあげたくなるような、可愛らしい雰囲気の令嬢になっていた。

そんな悲しそうな表情をしないでほしい……

許されるなら、私がレティーを守りたいのに。

しかし、今の私にはそれは許されないのだ。

レティーを忘れようとすればするほど、こんなに苦しくなるとは思わなかった。

私はその後、苦手だったレティーの義兄《あに》を訪ねていた。

自分が直接レティーを守ることができないなら、レティーを確実に守れる人物に、私が見聞きしたことを報告してレティーを守ってもらえるように働き掛けよう。

レティーに関わることは駄目でも、それくらいは許してほしい……

それから数日後、ラッセン伯爵令嬢が精神科病院に入院したという噂を耳にする。

恐らく、レティーの義兄《あに》やその友人の宰相子息、王太子殿下までもが動いたのだろう。

あの生徒会のメンバー達は頭が切れる上に、敵と判断した者に対しては容赦なく潰しにかかるから恐ろしいのだ。

その後、朝の登校時にレティーが義兄《あに》と手を繋いで歩いている姿を見てしまった。

嬉しそうにレティーの手を引く義兄《あに》と、恥ずかしそうに頬を赤くしているレティー。

まるで、付き合い始めたばかりの恋人同士のようだった。

あの無表情で冷たい印象だったレティーの義兄《あに》の笑顔を見るのはいつぶりだろう？

そういえば、私がレティーに義兄《あに》と仲良くしないでと言う前は、二人はあんな風に微笑み合っていた。

ずっと前から気づいていた。あの義兄《あに》はレティーを妹とは見ていなかったのだ。

私が壊したものが、元に戻っただけ……

自分で裏切って手放すことになったのに、こんな気持ちになるなんて本当に情けない。


そして、今年のデビュタントの日を迎える。

婚約解消しなければ、今日は私の隣にはレティーがいたはずだった。

レティーを完璧にエスコートして、美しいとか可愛いとか、こんな素敵な婚約者がいる私は幸せだとか口にして、レティーに愛を囁いていたに違いない。

今更、何を思っても無駄なのに、私は何を考えているのだろうか。

「レティシアちゃん、綺麗ね……」

少し離れた場所にいるレティーを見つけた母上が、ポロっと口にした。

「……はい」

「記憶喪失とは本当のようね。雰囲気が変わったわ。でも、元気そうで良かった……」

母上の目が潤んでいるのは気のせいではないだろう。母上は幼い頃からレティーをすごく可愛がっていたのだ。

父上とロバーツ侯爵も、夜会などで顔を合わせれば二人で話し込むくらい仲が良かったのに、今日は声を掛けることすらしない。

私は大切なものをいくつも壊してしまったようだ。

謹慎して反省したつもりでも、現実は何も変わらない。

デビュタントのダンスを踊るレティーは一際美しくて目立っていた。

義兄《あに》とレティーは、微笑み合って踊っている。

「ロバーツ侯爵家のお二人はとても素敵ね。美しいわ」

「ダンスも完璧よ」

「あの二人に縁談の話がたくさんきていると聞いたわ」

二人の噂話を聞きたくない私は、その場をそっと離れることにした。

しかし、その後に事件は起こる。

「ジュリアン。ミリアが酔っ払っているぞ。気を付けた方がいいな」

「ああ。さっきから気になっていた」

セドリックと話をしていると、不愉快なミリアの姿が目に入ったのだ。

ミリアは何を飲んだのか、フラつきながら歩いている。

そして嫌な予感は的中した。

「ロバーツ嬢の方に近付いてないか？」

「あの女、何かやらかす気だな！　近くで見張ってくる」

ミリアは予想通りにレティーに絡み出す。このバカはどうしようもないヤツだ。

デビュタントの特別な夜会で何をしているんだ！

レティーにワインをかけようとするミリアの姿を見て、慌てて駆けつける。

ワインは私にかかり、レティーにはかからなかったようだ。

間に合って良かった……

「私との約束を破ったな！　どうなるかわかっているよな？」

「ひっ！　リアン様……」

レティーに嫌がらせばかりするこの女に、私は本気でキレてしまった。

そんな私を見たミリアは、すぐに逃げ出したようだ。

「申し訳ありません。私のせいで、衣装が汚れてしまいましたわ」

申し訳なさそうにするレティーを見て、心が痛んだ。

レティーは何も悪くない。ただの被害者なんだ。

私のせいで、ミリアが調子に乗ってしまったのだ。

全部私のせい……

「気にしないでくれ。全て私が悪いのだ」

「……あの、これで拭いてください。本当に申し訳ありませんでした」

「いいんだ……。これは私への罰なのだから」

君を守ることが許されるなら、私はワインをかけられたって構わない。

その日の出来事を両親に報告すると、激怒した両親はレティーの義兄《あに》から提供されていたミリアの映像石の動画を、知り合いの学園関係者に見せたらしい。

そして、すぐにミリアの父の男爵を呼び出して、親族の縁切りを宣言してくれた。

ミリアは学園を退学となり、男爵家を追い出されたようだ。

その後、ミリアとは二度と会うことはなかった。

レティーを苦しめて、私の人生を狂わせたあの女を、私は一生忘れない。

◇　◇　◇

ゾグラフ男爵令嬢が消えた学園生活は、平和そのものだった。

特に先生方の表情はわかりやすく穏やかになっており、前ほどイライラしてないように見える。

クラスが違うからわからなかったが、あの令嬢は、先生方にも相当な迷惑をかけていたらしい。

そして今日は、私の嫌いな刺繍の授業のある日だった。

「刺繍の先生が体調不良でお休みですって。どうする？」

「令息達は剣術の授業よね？　皆で見学にでも行かない？」

「いいわね！　行きましょうか」

クラスの女子達で話が盛り上がり、みんなで剣術の授業を見学に行くことになった。


剣術の授業は天気の良い日は外でやっているらしく、外にある練習場まで徒歩で移動する。

こんな場所まで歩くのは初めてだなぁ。

「ねぇ、見て！　剣術の先生方、みんなカッコいいわよ」

「本当ね！　令息達よりも、体が大きくて逞しいわよ」

「剣術の先生方って、現役の騎士様よね？　カッコいいわぁ！」

気がつくと、クラスの女子達は令息ではなく、剣術の先生方に釘付けになっていた。

確かに、二十代くらいの少し年上の騎士様達は、カッコよく見える。

ガッチリしていて、素晴らしい筋肉をお持ちのようだわ。

こうやって見てみると、年上の騎士様って魅力的かもしれない。

隣にいたルイーゼが小声で話しかけてきた。

「ティーアも年上が好きなの？　剣術の先生方をジッと見つめちゃって！　お義兄《にい》様がこのことを知ったら、嫉妬するんじゃないかしら？」

「ルイーゼの彼も年上の騎士様だよね？　いいなぁ、素敵だね！　うちのお兄様とはタイプが違うから新鮮よ」

ルイーゼの彼を褒めたつもりだったのだが、ルイーゼはぎょっとした表情をする。

「ティーア、お義兄《にい》様の前でそのことを口にしてはダメよ」

「お兄様は心配性なだけよ。いつまでも妹ばかり構っていないで、早く素敵な方を見つけてほしいわ」

「ティーア、それは本心から言っているの？」

「ええ。妹だもの、当然よ」

「それならいいけど……。ティーアはお義兄《にい》様に婚約者ができたら、素直に喜べるの？　寂しいとか、取られたとか思わないのかしら？」

「うーん……。確かに寂しく感じると思うわ。でも、お兄様が大好きだから、素敵な方と幸せになってほしいって思っているのよ」

妹なのだから、兄の幸せを願うのは当然だよ。

お兄様といつも一緒にいるから、離れたら寂しく感じるのは仕方がないよね。

「私もそろそろ素敵な恋がしてみたいわ」

「今日のティーアはお義兄《にい》様が聞いたら泣いてしまいそうなことばかり言っているわね」

ルイーゼと話に夢中になっていると、叫び声がする。

「危ない！　避けろー！」

「えっ……」

気付いた時には遅かった。

私の目の前には、練習用の木剣が飛んできて、避けきれなかったのである。

「きゃー！　ロバーツ様……」

「ティーア、しっかりして！」

「…………」


目覚めると、白い天井が目に入る。

ここは……？

「……シア？　目覚めたのか？」

弱々しい声が聞こえてくる。この声は、私の大好きな……

「……お兄……さ……ま……」

「シア、私がわかるのだな？　良かった……。倒れたショックでまた私を忘れてしまっていたら、どうしようかと心配していたんだ」

その時、私の手をお兄様が握ってくれていたことに気付く。

ずっと私の手を握ってくれていたのね。

「飛んできた木剣がシアに掠《かす》ってそのままバランスを崩して倒れ、気を失ったらしい。心配したぞ……。シアが無事で良かった」

「ごめんなさい……」

確かに、勢いよく木剣が飛んできたのは覚えている。

掠っただけで済んでよかったよ。あれが頭や顔に当たっていたらと考えると、ゾッとする。

だけど、バランスを崩して倒れて気を失うなんて情けない。貴族令嬢として育ってきたこの体は、前世と比べると動きが鈍すぎるよ。

「シア。今はもう放課後になっているから、帰ろう。馬車を待たせてある」

ここは学園の保健室だったのね……

お兄様はいつから私に付いていてくれたのだろう？　悪かったなぁ。

「お兄様、生徒会のお仕事に行かなくていいのですか？　私は一人で帰れますから、お兄様はすぐに仕事に戻ってください。忙しいお兄様の手を煩わせてしまって申し訳ありませんでした」

「シア、今日と明日は生徒会の仕事は休みを貰っているから大丈夫だ。こんな状態のシアを一人にできるわけないだろう。校医の先生は、気を失っただけで大したことはないと言っていたが、私は気が気ではなかった。また記憶喪失になったらどうしようかとか、以前の辛い記憶を取り戻してシアが泣いたらどうしようかとか、不安で仕方がなかったんだ。だから、今日と明日くらいは私が側についていているようにする」

お兄様は本当に過保護で心配性だな。

こうなると、何を言っても無理なんだよね……

「お兄様。本当にごめんなさい。流石に今日と明日休むのは王太子殿下に申し訳ないので、明日は生徒会の仕事にもど……」

「戻らないでシアに付いている。殿下からは許可を取っているから問題ない。シア、そろそろ帰ろう。鞄はシアの親友達が届けてくれたから、すでに馬車に載せてある。今日はこのまま帰るぞ」

「……はい」

靴を履き、ベッドから立ち上がろうとした瞬間、私の体がフワッと持ち上がる。

こっ、これはもしかして……

「シア。しっかり私に掴まっていろよ」

「自分で歩けますから！」

「まだ目覚めたばかりで足元がおぼつかない。自分で歩くのは危険だ。このまま、私が馬車まで抱き抱えていく」

お兄様の美しい顔が至近距離にあるのは危険なんだって。

しかも、学園でお姫様抱っこされたら誰かに見られちゃうよ。恥ずかしい……

私の心の叫びに気付くはずもなく、お兄様は私を抱っこしたまま歩き出し、保健室から出た。

「ロバーツ嬢！」

保健室を出たところで、私を呼ぶ声が聞こえる。

うっ……。お姫様抱っこされている時に私の名前を呼ばないでほしかったよ。知り合いであっても、見て見ぬふりをしてー！

「ケリー伯爵令息、まだいたのか？　シアが目覚めたから、私が今から連れて帰るところだ。失礼する！」

さっきまで優しかったお兄様の声が、一気に低くなっている。また、そうやって感じの悪い男になるんだから。

しかしケリー様は、そんなお兄様に怯まなかった。

「ロバーツ侯爵令息。お急ぎなのは承知しておりますが、どうか一言だけでも、御令嬢に謝罪をさせていただきたいのです」

「しつこい！」

学園の廊下でやめてほしいよ。余計に目立ってしまうじゃないの！

それに、ケリー様はずっと待ってくれていたってこと？　謝罪って言ってるし……

「お兄様。ケリー様がそこまで言ってくださっているのです。少し話をさせてください」

「シア、お前は優しすぎる！」

「お願いします！　少しでいいのです」

「ハァー。シアにそこまで言われたら。しょうがない」

「お兄様。話をするために、一度降ろしていただけますか？」

「……少しだけだ」

そこまで言って、やっと私はお兄様のお姫様抱っこから解放された。

「ケリー様。ずっと待っていてくださったのですか？」

「ロバーツ嬢。君に木剣が飛んで行ったのは私が木剣を弾き飛ばしたからだ。申し訳なかった。怪我は大丈夫か？」

いつもハキハキして元気なケリー様が、悪いことをして怒られた子犬のような顔をして謝っている。

こんなケリー様を見たら、あっさりと心を奪われてしまう人もいるだろうね。

「大したことはないみたいです。ですから、ケリー様は気になさらないでください。それより、私にそのことを伝えるために、遅くまで残っていただいて申し訳ありませんでした」

「私が待ちたかっただけだ。ロバーツ嬢、本当に申し訳ない。でも、君が目覚めてくれて安心したよ。本当に良かった」

二人で和やかに話をするが、すぐにその雰囲気はぶち壊されてしまう。

「全然良くない！　シアは木剣が飛んできたせいで、右腕に擦り傷ができてしまったんだ」

ハァー。ちょっとした擦り傷くらいで騒ぐなんて、このお兄様はモンスターペアレントの素質があるんじゃない？

過保護も度を過ぎるとちょっと困った人だよね。

「お兄様、私はもう大丈夫です。擦り傷くらいすぐに消えますわ。私のためにあまり怒らないでくださ い。私は優しいお兄様が好きなのですから」

「……シアがそう言うなら」

シスコン兄には、こう言って宥めるのが無難であることを最近の私は学んでいたのだ。

「ケリー様。本当に気になさらないでくださ い。また明日会いましょう」

「ああ……。ありがとう。では私は、これで失礼するよ」

「ええ。ご機嫌よう」

ケリー様が帰られた後、お兄様は私を抱き抱えて歩き出す。

大丈夫だとか、自分で歩きたいとか、私が何度訴えても無駄で、たとえ学園の生徒達にヒソヒソされてもお兄様はお構いなしで、私を馬車までお姫様抱っこで運んでいった。

恥ずかしくて死にそうだったよ……

「シア、まだ体が辛いだろうから、私に寄りかかっていいぞ」

「お兄様。私はもう元気ですから、そこまでされなくても大丈夫ですわ」

「私が不安なんだ。馬車は揺れる時もあるから、私がシアの体を支えてやるからな」

そう言うと、お兄様は私の隣にピッタリと座り、私の腰を抱く。

この体勢は、密着しすぎなのでは……。心臓がドクドクしてきたぞ。

馬車が邸《やしき》に到着した後もお兄様はお姫様抱っこをやめなかった。

「お兄様、自分で歩けますから！」

「ダメだ！　まだ心配だから私が運ぶ」

自分の部屋に戻ってきた私は疲れてグッタリしてしまい、そのまま横になって眠った。

その日は夕方に起きてからもずっと安静にさせられ、次の日は学園を休ませられた。

お兄様は、私の世話を焼くために何度も私の部屋に来ていた。

けれどいくら兄妹でも年頃の男女なのだから、妹の部屋に兄が入り浸るのは良くないと、お母様からストップがかかってしまった。

そして、私の部屋に長居はしないという条件付きで、部屋に来るのは一日三回までと決められた。

お母様から冷静に指摘され、私はハッとした。

母親から見ても、私達の兄妹の距離感がおかしく見えていたってことだ。

これから近い未来、それぞれが婚約者を探さなければならないのに、兄妹でいつまでもベタベタしていられない。

今まではお兄様が自分好みのイケメンで、私に激甘で嬉しかったから、良くないと思いつつも流されてしまっていた。

お兄様は大切な家族だから、幸せな結婚をしてもらって、素敵な家庭を築いてほしい。

お兄様を狙う令嬢が今まで極端な人ばっかりだったけど、素敵なお兄様だからきっといつか素晴らしい令嬢が現れるはず。

その時に私は、妹として一番に祝福してあげたい。

……祝福してあげたい？

してあげたいじゃなくて、祝福するの。

家族なんだから。


一日学園を休んで元気になった私は、今日からまた学園に登校することになった。

もちろん、お兄様と一緒の登校だ。

馬車から降りると、当たり前のようにお兄様は私と手を繋ごうとするが……

「お兄様、もう手は繋いでいただかなくても大丈夫ですわ。もう私は十六歳でデビュタントも迎えましたし、小さな子供ではないのです。学園にも慣れましたから、迷子にもなりません。ですから、ここからは一人で行かせてください」

「シア、これはエスコートのようなものだし、私がシアと一緒に行きたいのだ」

「お兄様、ごめんなさい。私は一人で行きたいのです。今日も生徒会のお仕事を頑張ってくださいね。では、先に行かせてもらいます」

「……シア？　なぜだ？」

私が一人で行きたいことを伝えると、笑顔だったお兄様から、一瞬で表情がなくなってしまった。

胸の奥が痛む気がするけど、これは一時的な痛みできっとすぐに慣れる。

初めてのおつかいが心細いのと一緒なんだから。

あ、ラッセン伯爵令嬢に目を付けられていた時も一人で登校していたわ！

だから大丈夫。

自分自身にそう言い聞かせて、私は一人で教室まで歩き出した。


自分の席に着くとルイーゼが話しかけてきた。

「ティーア、体は大丈夫なの？　一人で教室まで来たの？　あのお義兄《にい》様がよく許してくれたわね」

友人から見ても、珍しく思えるようだ。

「ルイーゼ、この前は迷惑を掛けてしまってごめんなさい。体はもう大丈夫よ。学園に慣れてきたから、今日からは一人で行くってお兄様には話をして来たの」

「元気になって良かったわ。でも、お義兄《にい》様はいつもティーアを教室まで嬉しそうに送ってくれていたのにいいのかしら？」

嬉しそうか……

私も恥ずかしいと思いながらも、側にお兄様がいてくれて嬉しかった。

「あの日、ティーアが倒れた時、そのことを聞いたお義兄様《にい》は顔色を悪くして保健室まで駆け込んで来たのよ。校医の先生が大したことはないから授業に戻るようにと言っても、側に付いていたいと離れなかったみたいね。あのお義兄様《にい》は、本当にティーアが大切なのね」

あのイケメンお兄様の妹でいることが、こんなに辛くなるとは思わなかった。

イケメンで目の保養だと割り切って接していればよかった。

「……ティーア、深刻な顔をしてどうしたの？」

「何でもないわ。優しいお兄様だから、幸せになってもらいたいのよ」

大切なお兄様のために、私は良き妹になるの。

第五章　記憶喪失が治ったら、義兄《あに》の愛を知りました。

お兄様との関係にモヤモヤしながらも、学園生活は楽しく過ごしていた。

その頃から、同じクラスのケリー様と話をする機会が増えて前よりも仲良くなれた気がする。

「ロバーツ嬢。カフェで、また新作のスイーツが出るらしい。また放課後に食べに行かないか？」

「行きたいです。ぜひ、連れて行ってくださいませ！」

お母様から許可を貰い、後日、ケリー様とスイーツを食べに行くことにした。

しかし、あの人が黙ってなかった。

「シア！　義母上《はは》と会話しているのが聞こえたが、またあの男と出かけるのか？」

「お、お兄様。聞いていたのですか？」

「聞いてはダメだったのか？　シア、男と二人で出かけるなんて、私は反対だ」

「ケリー様とは仲の良い友人です。私だってそろそろ婚約者を探さなくてはいけませんし、信頼できる令息と仲良くすることは許してください」

「婚約者なんて、慌てて探す必要はないんだ。シアは可愛いし、こんなに愛らしいんだから、焦らなくて大丈夫だ」

そんな甘い言葉を囁かれても、嬉しさよりも惨めな気持ちになる。

妹にそんなことを言って、この人は何を考えているのだろう？

それに、新作スイーツだけは譲れない。

「お兄様が私を心配しているのはわかりますわ。しかしケリー様は、お母様も許可してくれるほど信頼できる方ですから大丈夫です」

「シアは男の怖さを知らなすぎる！」

怒っているのね。しょうがないな……

「お兄様。食べに行く新作スイーツが美味しかったら、次は大好きなお兄様と一緒に行きたいですわ。……それでもダメですか？」

「……わかった。遅くなるなよ」

ふぅー。お兄様と本当に二人で行くかはわからないけど、とりあえず助かったわ。

お兄様は普段は優しいのに、ケリー様と出かけるって言うとご機嫌斜めになって頑固親父みたいに面倒になる。

あまりに酷いシスコンだと嫁が見つからなくなるから、気を付けてもらいたいのに。

ケリー様と約束の日の放課後、二人で馬車停めまで歩いている時だった。

新作スイーツが楽しみでルンルンしていると、少し離れた場所にゾグラフ男爵令嬢から助けてくれた美形令息が歩いているのが見える。

私を庇ってワインをかけられてしまったんだよね。ちゃんとお礼を伝えてこよう。

「ケリー様。この前のデビュタントで、ワインをかけられそうになったところを助けてくれた方が近くにいるのです。お礼を伝えてきてもいいですか？」

「えっ！　大変だったな。ここで待ってるから、行っておいで」

「ありがとうございます」

早歩きで美形令息の近くに向かう。

「あの……、ご機嫌よう」

気まずいが、勇気を出して声をかける私。

私の挨拶に振り向いて、驚いたような表情をする美形令息。

急に声を掛けたから、驚かせてしまったようだ。

「この前は、デビュタントで助けていただいてありがとうございました。衣装は大丈夫でしたか？ワインがシミになっていないか、心配だったのですが……」

「……気にしないでいいんだ。衣装は大丈夫だったよ」

「そうですか。それは安心いたしました。何度も助けていただいたのに、直接お礼をお伝えするのが遅くなってしまって、申し訳ありませんでした」

「本当に気にしなくていいんだよ。それより、ほかに嫌がらせとかされてない？」

優しい口調で話す人だ。でも、何でいつも寂しげに微笑むんだろう？

「はい。大丈夫です。急に呼び止めてしまい、ご迷惑をおかけしました。失礼いたします」

「ああ。私も失礼するよ」

お礼を伝え終えて、ケリー様が待つ場所に戻ると、いつもは優しいケリー様が厳しい表情をしていた。

「ケリー様、お待たせしました」

「……ロバーツ嬢。あの男が誰だか知らないのか？」

「えっ……？」

何で怒っているの？

ケリー様のこんな表情は初めて見た気がする。

「ケリー様。私、何か怒らせるようなことをしてしまいましたか？」

恐る恐る尋ねると……、ケリー様はハッとしたようだった。

「あっ！　すまない。君に怒っているわけではないんだ。さっきお礼を伝えていた子息は、君を助けてくれたらしいが、ロバーツ嬢はあの男を知っているのか気になっただけなんだ」

怒っているわけではなかったのか。良かった！

「特に知り合いではないのですが、前にラッセン伯爵令嬢に絡まれた時も助けていただいたので、お礼をお伝えしたいと思っただけですわ」

「知り合いではない……？　そうか、わかった。じゃあ、そろそろ行こう！　店に予約を入れているんだ」

いつもの優しいケリー様に戻ったようで、私はホッとする。

お店で頂いたスイーツは最高だった。最近流通し始めたばかりのフルーツをたくさん使ったケーキは美味しかったし、他国の珍しい紅茶も良い香りだ。

「ケリー様。すごく美味しいですわ！」

「君の表情ですぐわかったよ。美味しいって言ってもらえて私も嬉しい。ところで、ロバーツ嬢に頼みたいことがあるのだが……」

急に緊張したような面持ちになるケリー様。

「ええ。何でしょうか？」

「今度、剣術大会があるんだ。うちは騎士の家門だから私も出場するのだが……、ロバーツ嬢に応援に来てほしいと思っている。構わないだろうか？」

その瞬間、私の胸はキュンとしていた。

恥ずかしそうに、応援に来てほしいと言うケリー様が可愛く見えたのだ。

この世界に転生して、初めてお兄様以外にときめいたような気がする。

「応援に行きたいですわ。私でよろしいのでしょうか？」

「……本当か？　君に来てもらいたいんだ」

パァーっと嬉しそうにするケリー様。

お兄様とは違った魅力にやられそうだよ。

「剣術大会の応援は初めてですので、楽しみにしてますわ」

前世でいう、部活の大会に応援に行くような感じかな。面白そう！

「良かった……。嫌だと言われたらどうしようかと思っていたんだ」

「ふふっ！　ケリー様のお誘いは断りませんわよ」

「……君が来てくれるなら、頑張れそうだ」

これって青春だよね！

その後も二人で楽しく会話し、帰りは邸《やしき》までケリー様が送ってくれた。

馬車が邸《やしき》に着いた後、私は周りを注意深く窺う。お兄様はまだ帰ってないようだ。

ふぅー。早めに帰ってきて良かった。

「ロバーツ嬢。今日はありがとう。君と一緒に出掛けられてとても楽しかった。剣術大会も君が来てくれることを楽しみにしている」

「私もとても楽しかったですわ。スイーツもとても美味しかったです。剣術大会も頑張ってくださいませ」

「ロバーツ嬢、また学園で。では失礼するよ」

チュッ！

手の甲に軽くキスをして、爽やか笑顔のケリー様は帰って行った。

手にキス？　こんなの初めて！

きゃー、恥ずかしい。

「シア。あの男と、ずいぶんと親しくしているみたいだな……？」

その時、背後から低い声が聞こえてきた。この声は……

本能が、振り向かずに逃げろと言っている。

よし、逃げろー！

私は、超絶早歩きで逃げようとするのだが……

ガシッ！

うっ、手首を掴まれた。

「お、お兄様でしたか？　お早いお帰りで……」

「ああ。今日は気分が優れないから、早く帰って来た」

「気分が悪いのですか？　大変だわ！　早く休まれた方がよろしいかと」

「大丈夫だ。それよりも、まだ夕飯まで時間があるから、私のお茶に付き合ってくれ。シアの部屋にお茶を持っていくから、待っているように！」

「……はい」

お兄様は、断る隙すら与えてくれない。

恐いな……。また説教でもされるの？

私の部屋に長居はダメって言われているのに。

着替えをして部屋で待っていると、お兄様がお茶を持ってやって来た。

テーブルにお茶を置くと、私は手をグイッと引っ張られる。

「あの男がキスをしたのは右手だったよな？」

見られていたかー！

無表情のお兄様が、私の右手をハンカチでゴシゴシ拭いている姿は怖すぎる。

「お、お兄様！　痛いです」

「この痛みは今日の罰だ！」

「えっ？　何の罰なのです？」

その場の空気が、一瞬で重くなるのがわかった。

「シアは隙だらけだから、手にキスをされたのだ。……いいか？　今日は手にキスだった。その次は額にキスをするだろう。額の次は頬。その後は唇だ。もしかしたら首筋にくるかもしれない。男は下心しかない生き物なんだ。気を付けろと私は何度も言っている」

ここまで言うの？

お兄様は病的なシスコンだよ。出掛ける度にこれでは困るよね。

少しだけ反撃してみようか……

「お兄様も下心しかないのですか？」

「……っ！　それは……」

隙のなかった無表情が、一瞬で崩れる。

「私の大好きなお兄様は、そんなことはありませんよね？」

「……ああ」

お兄様、目を泳がさないで！

「では、殿方がみんな下心を持っているわけではないと思いますわ」

「……」

「お兄様、お茶が冷めてしまいます。私はお兄様と一緒に飲むお茶が一番美味しいと思ってます。だから、そんな風に怖い顔をしないでください」

「……そうだな。私もシアと飲むお茶が一番美味しいよ」

よし！　機嫌が直ってきたかな。

最近、お兄様のあしらい方が上手くなってきたような気がする。

後日、学園ではルイーゼ達と剣術大会の話で盛り上がっていた。

「ティーア。剣術大会、ケリー様の応援に行くんでしょ？　刺繍のハンカチとアミュレット、どっちを渡すの？」

ルイーゼの恋人は騎士団に所属しているらしく、剣術大会に出場するらしい。一緒に応援に行こうという話をしていたのだ。

「えっ……、何か渡すの？」

「お守りとして渡すのよ！　もちろん、手作りよ」

「手作り？　何も用意してない！」

「ハァー。だろうと思ったわよ。ティーア！　明日の放課後、私と材料を買いに行くわよ！　その後に作り方を教えるから、しばらく放課後はうちに寄って行きなさい」

さすが親友だわ！　頼りになるなぁ。

「ルイーゼ、よろしくお願いします」

「任せてちょうだい」

私は生まれて初めて、アミュレットを手作りすることになった。

「シア。最近、帰りが遅いみたいだが、何をしているんだ？　もしかして、放課後にあの男と会っているのか？」

うちのお兄様はシスコンだけど、厳しいのか過保護なのか、一体どっちなのだろう？

「ルイーゼの家にお邪魔しているだけですわ。お兄様が心配するようなことは何もありません」

「そうか。友人の令嬢の家なら許すが、男の家に遊びには行くなよ！」

「わかっておりますわ」

令息の家に行くわけないじゃん。

お兄様は大好きなんだけど、ただの兄妹なのにあまり束縛しないでほしい。

ベタベタの仲良しでも、お互い別の誰かと結婚するんだから……。私はお兄様のために、一歩引いているのに。どうしてわかってくれないのよ。

この先、私に好きな人ができて、この人と付き合います～とか言ったら、お兄様が相手にどんな行動をとるのかわからない。今から恐ろしいな。


ルイーゼの家では、楽しくお茶を飲みながら、ケリー様にあげるアミュレットを作っていた。

「いつもルイーゼの家ばかりお邪魔するのは悪いから、明日はうちに来ない？」

「そんなの絶対にダメよ！　アミュレットを作っているのがあのお義兄様《にい》にバレたら、誰にあげるのか煩く聞いてくると思うわよ。相手がケリー様だと知ったら没収されるかもしれないわ。気を付けないとダメね」

お兄様……、私の親友からも警戒されてますよ。

「そ、そうね。お兄様、そういうことにとにかく厳しいから」

「剣術大会の日も、あのお義兄様《にい》には絶対にバレないようにしないと！　ティーアは直接会場入りしない方がいいわね。ティーアの家の馬車が会場に停まっているのを見られるかもしれない。当日は私の家に集合して、私の家の馬車で一緒に会場に行きましょう」

さすが私の親友。うちの事情をよく知っているわ。

「ルイーゼ。ありがとう！」

「いいのよ。ところで、その日は休日だから可愛くしてくるのよ」

「わかったわ！」

ルイーゼのおかげで、アミュレットは思ったより上手くできたと思う。

ケリー様の瞳の色の宝石と、髪色の紐を合わせて編み込んだ物だ。

喜んでくれるといいなぁ。

そして、剣術大会当日を迎えた。

お母様にはきちんと許可は取ってある。服装は、メイド達がこっそり可愛い服や靴を選んでくれた。剣術大会だから、あまりド派手にならないようにと、清楚な小花柄の可愛いワンピースを用意してもらった。人が多いから裾の長いドレスはやめた方がいいらしい。

「そういえば、お兄様は？」

「クリストファー様は、今日はすでに出掛けられました」

「そう……」

やったー！　私は心の中で密かにガッツポーズをとっていた。

出掛ける時に顔を合わせてしまったら、『オシャレしてどこに行くんだ？』とか言われそうで不安だったんだよ。

私がそんなことを考えているとも知らず、メイド達は私を可愛くヘアメイクしてくれる。

「お嬢様、とても可愛いですわ！」

本当だ！　元々美少女なのに、メイド達のヘアメイクで更に可愛くなっている。

うちのメイド達はセンスがいいよね。

「どうもありがとう。あなた達のおかげね。感謝しているわ」

「お嬢様ー、恐れ多いことでございます」

その後、ルイーゼの邸《やしき》に向かい、二人で剣術大会の会場にやって来た。会場には見たことがないほどのたくさんの人がいる。貴族から平民までいろいろな人が出場する大会のようだ。

ルイーゼの家からは私達のために護衛まで出して付けてくれている。確かにこれだけの人がいれば、危険人物もいるかもしれないから、ありがたいと思った。

会場には貴族用の席があるらしく、そこで観戦することにした。

席に座って待っていると、

「ルイーゼ！　来てくれたんだな」

あの精悍な感じのイケメンがルイーゼの彼？　さすがルイーゼ！

「アル。会いたかったわ。今日は頑張ってね！」

ルイーゼは彼とハグしている。

わあ！　仲良しカップルだ。

私と一緒に手作りしたアミュレットを彼に手渡しするルイーゼ。受け取った彼は、破顔してルイーゼを抱きしめる。

まあ！　素敵な光景だよ。

なるほど……。あんな風に渡すのか。ルイーゼ先輩はすごいな。恋愛経験の少ない私には、ルイーゼ達の動きは勉強になるよ。

仲良しカップルを微笑ましく見ていると、私を呼ぶ声が聞こえる。

「ロバーツ嬢！」

「ケリー様！　ご機嫌よう。今日は頑張ってくださいね」

ケリー様は紺色の騎士服をカッコよく着こなしていた。私、騎士服も好きかも……

「ロバーツ嬢が来てくれて嬉しい。君が見てくれているから、今日は精一杯やるつもりだ」

そんなことを言われたら恥ずかしくなっちゃう。

あっ、照れている場合じゃないわね。アレを渡さないと……

「ケリー様。アミュレットを手作りしてきたのですが、受け取ってもらえますか？」

「……これを私に？」

「はい。初めて作ったので、あまり上手ではないのですが、受け取っていただけたら嬉しいです」

迷惑だったかな？　手作りって本命なら嬉しいけど、本命以外だと重いっていうよね。

「ありがとう。一生大切にする……。すごく嬉しい」

ケリー様は私のあげたアミュレットを大切そうに握りしめていた。

何だかキュンってしてきたー！

ケリー様の顔が赤くなっている。恥ずかしがるケリー様も可愛い！

「ご武運をお祈りしています」

「ああ。君のために頑張ってくる！　じゃあ、また」

真顔に戻ったケリー様は、大会の控室へ戻って行ってしまった。

素敵な騎士様だわ……

ブルッ！　一瞬、寒気がしたけど、気のせいだよね。

「ティーア！　ケリー様といい感じね。初々しい恋人同士に見えたわよ」

「ルイーゼ達には敵わないわ。私達は友人だけど、ルイーゼ達は誰が見ても素敵な恋人同士って感じだったもの。ルイーゼの彼は、カッコいい騎士様なのね！」

「カッコいいでしょ？　近々、両親と食事会する予定なの」

「さすがルイーゼ先輩。憧れるわ！」

「ふふっ、ありがとう。ティーアも早く決めなさい。ケリー様にするのか、特別席から殺気を放っている人にするのかをね！」

「……特別席？」

「あっ！　気にしないで。それより、もうすぐ予選ね。応援頑張らないとね！」

「うん！」

剣術大会は成人の部と、学生の部、子供の部で分かれて戦うようだ。

ルイーゼの彼もケリー様も、順調に勝ち進む。

騎士様ってカッコいいんだね。普段は優しいケリー様が、戦う時に見せる鋭い視線が堪らない。

ケリー様のファンになっちゃいそう。

ルイーゼと二人でカッコいい騎士様探しもしながら楽しく観戦していると、あっという間に決勝になっていた。ケリー様は学生の部で決勝進出を決めていた。

ルイーゼとお喋りをしていると、決勝開始の時間になる。

ケリー様の決勝の相手は、王太子殿下の護衛をしている三年生のようだ。近衛騎士団長の子息らしく、強そうだし、モテそうなルックスをしている。

二人の戦いは、レベルが高くて目が離せないくらいだった。どちらが勝ってもおかしくない戦いだが、最終的に勝ったのはケリー様ではなく三年生だった。

「対戦相手は殿下の護衛をしている三年生でしょ？　あの人相手にいい戦いだったわ。悔しいでしょうから、ティーアが慰めてあげなさいね」

「またそんなことばかり言うんだから！　でも、負けたと言っても二位でしょ？　三年生相手にあそこまで戦えるなんて、すごいしカッコよかったよね！」

大会の最後に表彰式があり、王太子殿下が壇上に上がってきた。

殿下の背後に控えているのは……お兄様……？

げっ！　来ていたの？

バチッ！

今、お兄様と目が合った気がする。

「ひっ！」

「ティーア、どうしたの？」

「お、お兄様が……！」

「ああ、ずっといたわよ。殿下達と王族の座る特別席に座っていたけど、やっぱり気付いていなかったのね」

「ええー！　ずっといたの？」

「まさか殿下の側近として来ていたとはね。ティーア、もう開き直りなさい」

今日も帰ったらお説教かな？

でも、ケリー様を応援できたのは楽しかった。

二位になって凄かったから、帰る前におめでとうを言ってあげたい……

表彰式が終わると、すぐにルイーゼの彼がやって来た。ルイーゼの彼は成人の部で三位になったようで、二人で抱き合って喜んでいる。本当に仲がいいカップルのようだ。

そんな二人を見ていると、ケリー様もやって来た。

「ケリー様。二位になられたこと、おめでとうございます。すごくカッコよかったです」

フッと優しく笑うケリー様。

「本当は一位になりたかったから悔しいけど、また鍛練を頑張るしかないな。ロバーツ嬢、今日は来てくれてありがとう」

「私こそ、お誘いしてくださってありがとうございました。本当にカッコよかったですわ！」

「……恥ずかしいな」

ヤバい！　ケリー様、可愛すぎるよ。

その時、あの聞き慣れた声がする。

「シア、もう終わっただろう？　帰ろうか」

「……ひっ！」

ハァー。やっぱり来たか。

言葉が出てこなかった。

もっと話がしたかったのに。

「ロバーツ嬢。義兄上《あに》が迎えに来られたようだから、また来週な」

「ティーア、帰りはお義兄様《にい》と帰るのね。またね！」

ケリー様もルイーゼも、お兄様に気を使ってくれているようだった。

「じゃあ、私達は失礼させてもらうよ。シア、行こうか」

お兄様は笑顔だけど、目は全く笑っていなかった。

そして私と手を繋いで歩き出す。手はガッチリと繋がれ、離そうとすることもできない。

頭の中で子牛が連れていかれる、あの歌が聞こえたような気がした。


帰りの馬車では重苦しい空気が漂い、私達は無言だった。

もうすぐ屋敷に着くという時に、お兄様はようやく口を開く。

「……シア、私はお前が剣術大会に行くなんて聞いていなかったぞ」

「お母様には話しています。それに、お兄様に話したら絶対に反対しますよね？」

「当たり前だ。あんな男ばかりの場所に行くなんて、危険だろう」

「ルイーゼが護衛を付けてくれましたし、大丈夫でした」

「何が大丈夫なんだ？　あの男とあんなに親しくして、シアはあの男がそんなにいいのか？」

あの男ってケリー様のことだよね？

何で悪者みたいな呼び方をするんだろう。

「ケリー様ですか？　いい人だと思っています」

「いい人だと……？　騙されるな！」

「お兄様！　いくらお兄様でも、私の友人を悪く言うのは許せませんわ」

「友人だと？　あの男がそう思っているのかはわからないぞ」

今日のお兄様は、何でこうイラッとさせるのよ！

「そうですか……。今日はもうお兄様とは話したくありません！」

馬車が邸《やしき》に着いたようだ。サッと降りて自分の部屋に戻ろう。

しかし、そうする前にお兄様にガシッと腕を掴まれてしまう。

「シア。今日のことも含めて、話し合う必要があるな」

「えっ……、何を話し合うのですか？」

「私と一緒に来るんだ」

お兄様に手をグイグイ引かれて連れて行かれたのは、お兄様の部屋だった。

「大事な話をするから人払いしてくれ」

使用人達に人払いを命令して扉を閉めるお兄様。相当怒っているな……

確か今日はお父様とお母様は、観劇に行ってディナーをしてから帰ると言っていた。

頼りのお母様はいない……

「……シア。お前はあの男が好きなのか？　そんなに可愛い服を着て、アミュレットをプレゼントして、顔を赤くして見つめる程、あの男がいいのか？」

そこまで見られていたのかい！

「お兄様、見ていたのですか？」

「ああ。殿下の隣席からよく見えていたんだ。で、あの男が好きなのか？」

こ、こわい……。どれだけ視力がいいのよ？

イケメンが怒ると、すごく怖いんだってば！

「いい人だと思っています。素敵な方ですし」

「私は許さないぞ」

サァーッと、その場の気温が氷点下になるのがわかった。

許さない？

シスコンなのは知っているけど、そこまで口を出すの？

私は、お兄様の幸せを応援しようと決めたのに酷くない？

「お兄様だって、お慕いする人がいらっしゃった時期がありましたよね？　私だって、恋がしてみたいです」

「……っ！　シア、お前は何もわかってないんだな……」

怖かったお兄様の顔が今度は苦痛に歪んでいる。

何でそんな辛そうな顔をしているの？

私だって辛いんだから！

「本当は、私が学園を卒業するまでは我慢する気でいたが……、もう限界だな」

お兄様は、ジリジリと私を壁際に追い詰めて来る。

「お兄様……？」

「……シア、愛している」

「…………」

縋るような視線を向けたお兄様は、私を腕の中に閉じ込めた。

お兄様の腕の力が強くて身動きがとれない。

愛しているって……

「シア、愛してるんだ。ほかの男に恋がしたいなんて言わないでくれ」

「……は、離してください！　こんなのおかしいですわ！」

「ああ……。私はおかしくなっているよ。シアを見る男は憎らしいと思うし、近づく男は消したい。シアを学園に行かせたくなかったくらいだ」

兄妹なのに、この人は何を言って……？

「お兄様、私達は兄妹ですわ。困ります！」

「ははっ！　シアは私を義兄《あに》としか思ってないのだな……でも私は、ずっとシアだけを見ていた。シアには婚約者がいたから、自分の気持ちに蓋をしてずっと我慢してきた。その婚約はなくなったから、今度こそは私を見てほしいと思ったのだが……」

「どうして……」

逃がさないとでも言うかのように、お兄様の私を抱きしめる腕に力が入る。

でも、私は妹だよ。

どうしてこんなことを……

「……シア？　泣くほど嫌なのか？」

私の意思に関係なく涙が流れていた。

そして、そんな私を見たお兄様は、傷付いたような表情をしている。

突然こんなことを言われても、私にはどうにもできないのに。

「……」

「シア……？　私がこんなことを言ったから、嫌いになったか？　でも、もう離してやれない。愛してるんだ」

弱々しく言われても困る。

妹の私に愛を囁き、強く抱きしめられても、兄妹でこんな関係は許されない。

お兄様が、私好みのイケメンじゃなければ良かったのに。

ブサイクで性格が悪くて大嫌いな兄だったら、思いっきりビンタして突き飛ばすくらいできたのに……

「おっ、お兄様……。私は、お兄様がカッコよくて、優しくて、大好きですから、仲良くなれて本当に嬉しく思っていたのです。でも、私達は兄妹で血が繋がっています。結婚はできませんし、こんなことを兄妹でするのはおかしいと言っているのです。どうして私の気持ちをわかってくれないのですか？」

お兄様に人の道を外れてほしくなかった。

大好きだから、普通の幸せを見つけてほしいと思って、必死に話をしたつもりだったのに……

「ぷっ……、シア……。もう、本当に可愛すぎる。必死なのに隙がありすぎて、どこか抜けてて……」

さっきまで、悲痛な顔をしていたはずのお兄様が、笑っている……

へっ？　なぜここで笑うのよ？

「お兄様、私は真面目に話をしているのです！」

「シアは、私達が血の繋がった兄妹だからダメだと思っているのだな？　じゃあ、兄妹ではなかったらいいってことだ」

「……えっ？　それはどういうことでしょう？」

「シアは記憶を失っているから知らなかったんだな。誰も言わなかったとは……私はこの家の養子だ。シアの再従兄妹《はとこ》なんだよ」

私は思考が停止した。

再従兄妹《はとこ》……？

そんなの一度も聞いていない。

「私達は義理の兄妹だから、愛し合うことに何の問題もない。私は心の底からシアを愛しているし、シアの元婚約者みたいに裏切ることは絶対にしない。シアだけを一生愛すると誓う」

思考停止中の私に微笑んだお兄様は、私の唇に軽いキスをしていた。

その直後、私の顔からは炎が上がりそうになった。

「顔を真っ赤にして……。シアは本当に可愛いな。そんな顔を私以外の男に見せてはダメだぞ。可愛いシアは誰にも渡すつもりはないからな」


その後、どうやって自分の部屋に戻って来たのかわからない。

気付くとベッドに潜り込んでいて、そのまま眠ってしまったようだ。

翌日、朝食を食べるためにダイニングへ行くと、ニコニコのお兄様がいた。

「シア、おはよう」

席を立ち上がってやって来たお兄様から、チュッと額にキスをされる。

お父様とお母様の前で何してんの？

お父様が泣きそうな目をしているし、お母様はなんか呆れているような……

「シア。食事の後に話があるわ」

「……わかりました」

お母様の顔が怖い。

チラッとお兄様を見ると……、反対に満面の笑みだった。

まさか、昨日のことをお兄様はバラしてないよね？

気まずい中、朝食を済ませた私は両親に呼ばれる。

「シア、クリスから全て聞いた。再従兄妹《はとこ》と伝えていなかったこと、すまなかったな。突然こんな形で知ることになるなんてさぞ驚いただろう。だが私もいろいろ考えた。もうクリスで手を打たないか？　クリスはずっとシアを好きだったようだし、重すぎるくらい一途な男だから、シアを裏切ることはしないだろう。クリスならシアを大切にしてくれるはずだ」

お父様が始めに口を開いた。

クリスで手を打たないかって……

「シアはケリー伯爵令息と仲良くしていたでしょう。爽やかで感じのいい騎士様で、男らしくって、お母様は好きだったわ。剣術大会でも活躍したらしいじゃないの。クリスが嫉妬心を暴走させなきゃねぇ。シア。クリスも優しいし、悪くはないと思うの。どうする？　お母様はシアの気持ちを大切にしたいわ」

両親二人とも、お兄様の扱いが雑だよ。

ハァー。お兄様は両親に全て報告したのね……

「お兄様のことは大好きです。でも、今までは良き妹でいようと考えて生活していたので、急に言われても困ります」

「シア、大丈夫だ。私と結婚しよう。シアの唇を奪った責任を取らせてもらいたい」

そんな眩しいくらいの笑顔で、自信満々に言わないでほしい。

こっちが恥ずかしくなるわ！

「シアの考えは、お母様も理解できるわ。それなのにクリスは、ケリー伯爵令息が剣術大会でカッコよかったからって、嫉妬して暴走しちゃうなんて。ハァー。情けないわね」

「シア。クリスの愛は重いが本物だ。優しい義兄《あに》が、優しい婚約者に代わったと思って少しずつでいいから受け入れてあげたらどうだろうか？　最近はずっと仲良くしていたんだから、きっと大丈夫だ」

「旦那様は、シアがクリスと結婚すれば嫁に出す必要がなくなるからと、クリスの肩を持ちすぎなのですわ！」

……そういうことなのね。お母様はよく見ているわ。

「義父《ちち》上も義母《はは》上も、もういいですか？　シアと二人で話がしたいのです」

「いいわよ。でも、あまりシアを困らせるようなことをするのは許しませんからね。スキンシップは、家族らしく手を繋ぐことや額にキスをするまでよ。それ以上は許しません！」

お兄様に釘を刺してくれた。さすがお母様だと思った。

その後、私達は二人で庭のガゼボにやって来た。

「シア、昨日は悪かった。シアをあの男に取られるのが嫌だったんだ」

「……許しません」

「……シア？」

「私はずっとお兄様との関係に悩んでいたのです。実の兄妹なのに距離が近すぎることや、お兄様が私を誘惑するかのように振る舞ってきたり、ベタベタしてきたり……。でも私はお兄様が好きだから、素敵な方と結婚して幸せになってほしいと思っていました。妹の私がお兄様に引っ付いていたら、お兄様の大切な出会いを邪魔してしまうのではないかと考えて、少しだけ距離を置こうと考えもしましたわ」

「……シア、そこまで私の幸せを考えてくれていたのか？　やっぱりシアは可愛い。私はシアしか愛せない」

ちょっとー！

私がいかに悩んでいたのかを真面目に話しているのに、なぜこのお兄様はこんなに嬉しそうにしているのよ？

「お兄様のことは大好きです。でも……、自分でもよくわからないのです。お兄様の幸せを願わなくてはと、ずっと考えていましたから」

「待つよ……。シアが私を男として見てくれるまで。でも、ほかの男と必要以上に親しくするのはダメだ。二人で出掛けるのもダメ」

やはりそこだけは厳しいのね。

「シアが振り向いてくれるまで、私は毎日愛を伝える。約束しよう」

「……はい？」

「伝えなければわからないだろう？　本当はもっと早く私の気持ちを伝えたかったが、義母上《はは》から は学園で暴走すると困るから、私が卒業するまでは待つようにと言われていたんだ。でもシアは私から離れようとするし、シアを狙う男はたくさんいるし、ケリー伯爵令息とあんなに仲良くしているのを見たら、もう限界だった」

お兄様の話を聞いているだけで、私の顔が熱くなってきた。

うーん、恥ずかしい。

「知りませんでした。ただの煩いシスコンなのかと思っていましたから」

「煩いシスコンって……。やはり、自分の気持ちをきちんと伝えないとダメってことだな」

お兄様は突然私の前で跪《ひざまず》く。

イケメンの上目遣いは危険だよ。クラクラしてきたわ。

「シア、心から愛してる。私はシアとずっと一緒にいたい。早く私に振り向いてくれ」

跪《ひざまず》いて『愛してる』は反則だ……

その後、お兄様は約束通りに毎日、私に愛の告白をしてくれた。

元社畜で冴えない女子だった私が、自分好みのイケメンに完全に落ちるまで時間はかからなかった。我ながらチョロいと思ってしまう。

今更だけど、兄だからいけないと思いつつ、心の奥底で私は目覚めた時からお兄様に恋をしていたようだ。

兄にこんな感情は持ってはいけないと思い、自分の恋心を認めたくなかっただけ。

「シア。初めて会った時からずっとシアだけを見ていた。私にはシアしかいない。愛してる……」

その日もお兄様は、熱のこもった目で私を見つめ、愛を囁く。

私も、そろそろ自分の気持ちに正直になろう……

「お兄様……、私もお兄様を愛していますわ。お兄様の深い愛には敵わないかもしれませんが、私もお兄様とずっと一緒にいたい……です」

こんなことを口にするのは、前世でも今世でも初めてのことで死ぬほど恥ずかしいけど、頑張って伝えてみた。

「……」

「……お兄様？」

「……シア、それは本当か？」

「はい。本当です……」

恥ずかしくて、カァーっと顔が熱くなる。

「シア……、嬉しい。私もシアを愛してる。私と婚約していただけますか？」

「……はい。よろしくお願いします」

その後のお兄様は早かった。

急ぎで両親に婚約の許可を取り、お兄様の卒業と同時に籍を実家の伯爵家に戻して、その後に正式に私と婚約することが決まったのだ。

婚約することが決まった後、お兄様は更に私にベタベタになった。

周りからはすでに私達は結婚すると思われていたようだ。

仲良くしていたケリー様も、お兄様の私への態度を見て何かを悟ったらしい。前みたいなお誘いはなくなった。

私と一緒にいる時のお兄様はほかの令息を牽制しまくるので、『アイツは子育て中の熊と同じだから気を付けろ』と言われているらしい。

大好きだし、何でこんなイケメンと兄妹なのかと悩んでいた時期もあったのに……、お兄様の執着や束縛がひどいと、流石に私も疲れてしまう。

ほかの男を近づけないようにと、目を光らせるお兄様が怖い。

お兄様ってこんな人だったの？

お母様が卒業まで愛の告白は待つようにとお兄様に話をしていたらしいけど、その理由が今ならよくわかるわ。

お兄様の束縛とベタベタに疲れてきた頃、私は高熱を出して数日寝込んでしまった。

熱にうかされている時に、私はあの日の出来事の夢を見てしまった。

あの日――婚約者の不貞を見てしまった日のこと。

婚約してからずっと仲良くしていて、大好きだったのに……。あの人はあの女が現れてから、変わってしまった。

そして私は自分の泣き顔を、仲良くもない義理の兄に見られてしまった。

もう学園に行きたくない。

婚約も解消したい。

家族とは仲良くもないし、無理してこんな家にいる必要はない。

しばらくは修道院にお世話になろうか。

そんな時、婚約者が突然訪ねて来たんだ。

婚約者に会いたくない私は、二階にある部屋から逃げようとしてバルコニーから落ちてしまった。

……全て思い出した。


「……シア、目覚めたの？　大丈夫？」

私が目覚めると、そこにはお母様がいらっしゃった。ずっと看病していただいたようだ。

喉がカラカラの私は、お母様から冷たい水を飲ませてもらう。

「お母様、私はもう大丈夫ですわ。早くお仕事に戻ってください」

「仕事って……。シア、その口調……、記憶が戻ったのね？」

「はい。全て思い出しましたわ。お忙しいお父様とお母様、お義兄様《にい》には大変ご迷惑をおかけいたしました。婚約解消の件も、私が至らないせいで申し訳ありませんでした」

「もういいのよ。お父様とお母様も悪かったの。そんな風に謝らないでちょうだい」

両親と義兄《あに》は、私が記憶喪失になってからずいぶんと変わった。

記憶を失う直前の私は、両親も義兄《あに》もそこまで好きではなかった。

みんなそれぞれが忙しくて、顔を合わせることも会話をすることも少ない、お互い無関心の家族。

そういえば……、あの時に修道院に行こうとして、荷物をまとめたはず。

あの時のカバンはどこに行ったのかしら？　後で探してみましょうか。

お母様が私の部屋を出て行った後、体が思ったより動きそうだったので、部屋の中を探していると、クローゼットの中からカバンが出てきた。

このまま置いておくと誤解されそうだから、中身を取り出して片付けましょう。

その時、勢いよくドアが開く音が聞こえる。

「シア……、そんなカバンを出して、家出でもするのか？」

お義兄様《にい》が息を切らせて部屋に入ってきた。

学園から帰って来たのね。

「シア、記憶が戻ったと聞いた……」

「はい。お義兄《にい》様には大変ご迷惑をおかけしました」

「記憶が戻った途端に、私から逃げるのか？　あの時もここを出て行こうとしていたよな」

お義兄《にい》様の目が怖いわ。

逃げようとは思っていないけど、そんな目で見られたら本能的に逃げたくなるから！

「逃げようなどしていません。私は、荷物を片付けようとしただけですわ」

「ふっ！　どうだかな……。記憶を失う前のシアは、私に対して何の感情もなかったし、むしろ私が嫌いだったよな？　その記憶が戻ったなら、婚約なんてしたいとは思わないだろう。逃げたくなったのではないか？」

確かに仲良くはなかったし、婚約者に言われたから話したいとも思わなかった。

でも記憶喪失になった私を大切にしてくれたし、守ってくれた。

記憶は戻ったけど、今はお義兄《にい》様は大好きだ。

束縛と嫉妬、執着は困るけどね。

「記憶は戻りましたが、お義兄《にい》様が事故の後に私を大切にしてくれたことも、守ってくれたことも知っています。今はお義兄《にい》様が大好きになりましたわ」

「それは本当か……？」

「はい。私を元気にさせようと、美味しいスイーツを買って来てくれたり、私に嫌がらせをする人から守ってくれたり……、優しいお義兄《にい》様が大好きです。前のお義兄《にい》様とはずいぶんと変わってしまいましたけど、私は今のお義兄様《にい》が好きです」

お義兄様《にい》は張り詰めた表情から一変して、泣きそうな表情になっていた。

「シア。ずっと好きだったんだ……。記憶が戻ったら、前の婚約者と復縁したいと言い出すのではと不安だった。私を嫌って、婚約を拒否されてしまうのではないかと怖くなった。ずっと私の側にいてほしい。愛している」

お義兄様《にい》は私をギュッと抱きしめてくる。

本当にお義兄様《にい》は変わった。

いつも無表情で、何を考えているのかわからなくて、優秀で隙がなくて、近寄りがたい人だった。まともに会話をしたのは、子供の頃以来だと思う。

「ずっと側にいますわ。ただ、あまり執着したり束縛したりしないでくださいね。疲れてしまいますから」

「すまない……。シアが好きすぎて、抑えられなくなってしまうんだ。気を付けるから、私から逃げないでくれ」

「私は逃げませんわ。それに、私はお義兄様《にい》とずっと一緒にいたいと思っています」

病み上がりの私にたくさんキスをして過剰な世話を焼くお義兄様《にい》の愛情は、今日も変わらずに重かった。

体調が戻り、学園に復帰した私は、親友達に記憶が戻ったことを打ち明けた。

親友達からは、お義兄様《にい》との関係が悪くなるのではと心配されたが、今はもう仲良くなったから大丈夫だと伝えておいた。

以前の私達は、誰が見ても仲のいい兄妹とは思われていなかったようだ。

クラスメイト達からは、記憶が戻っても雰囲気は戻らないのねと言われた。

記憶喪失になる前の私は、キチっとしすぎていたんだよね。

真面目な優等生みたいな感じで、自分でも完璧な淑女でいなくてはいけないと考えていた。

でも元社畜の記憶もある私としては、今世ではのんびりと金持ちライフを送りたいと考えているので、何事も程々にして、今のままでいるつもりだ。


そんな私は、元婚約者のこともしっかり思い出していた。

ラッセン伯爵令嬢やゾグラフ男爵令嬢に絡まれた時にわざわざ助けてくれたのは、元婚約者の私に対する情だったのかもしれない。

あの時は記憶がなくて、ただの親切な美形令息だと思っていた。

でも記憶が戻って感じたのは、そんな情けはいらないということだ。

記憶を失くして何も知らない私は、わざわざお礼まで伝えに行ったりしていたけど、今後はこちらから関わることはしない。

あんなに親しくしていたゾグラフ男爵令嬢とも別れて、あの人が何を考えていたのかはわからないけど、私達はあれくらいで簡単に壊れてしまう程度の関係だったのだ。

あの時はすごく傷付いて悩んだし、その後に記憶を失ったりで大変だったけど、お義兄《にい》様がいてくれたから、私はこうやって立ち直ることができたと思っている。

お義兄《にい》様は、嫉妬深くて重い男になってしまったけど、一途で優しくて私を大切にしてくれる。

私は、そんなお義兄《にい》様が大好きだし、これからもずっと一緒にいたい。

エピローグ

「シア。離れたくないが……、また昼休みに会おうな」

お義兄《にい》様は名残惜しそうに私を見つめ、やや強めに抱きしめた後、額にキスを落として去って行く。

これがお義兄《にい》様の登校時のルーティンになっているのだ。

私の教室の出入口付近で毎朝必ず行われているコレは、私としては恥ずかしさ以外の何でもないので、いい加減にやめてほしいのだが、いくら頼んでもやめてくれそうにない。

更に私はお義兄《にい》様から、学園でのランチを一緒に食べる約束を強制的にさせられていた。

親友達は、お義兄《にい》様はもうすぐ卒業でいなくなるのだから今だけでも我慢しなさいと言ってくれている。

お義兄《にい》様のファンはたくさんいたと思うが、私にベタベタしている姿に引いたのか、最近はお義《に》兄《い》様に近付く令嬢はいなくなった。

そして、私達義理の兄妹が、お義兄《にい》様が卒業したら婚約するという話は学園中に知れ渡っていた。

元婚約者のハリス侯爵令息とは偶然、学園の廊下で鉢合わせになったことがあった。

記憶を失くしている頃だったら、挨拶くらいはしていたかもしれない。けれど記憶が戻った私が挨拶をするはずはなく、冷ややかな目で無言で立ち去ったら、彼は何かを理解したようだった。

あんなに悩んでいた日々が嘘のように、私の彼に対する思いはなくなっていた。

これは全て、お義兄《にい》様のお陰だと思っている。

お義兄《にい》様は、私にほかのことを考える余裕すら与えてくれないほど、私に一途でべったりなのだ。


そんなお義兄《にい》様が卒業して間もなく、私達の婚約が正式に結ばれた。

「シア。これで私達は正式な婚約者だ。私がシアの義兄《あに》でいるのはもう終わり。これからは、お義兄《にい》様とは呼ばずにクリスと呼び捨てで呼んでほしい」

いきなり呼び捨てでお義兄《にい》様の名前を呼ぶのは、私にはハードルが高すぎた。

「……クリス？」

「聞こえないよ」

「クリス！」

「シア、怒らないでくれ」

名前を呼ばれたお義兄《にい》様は嬉しそうに笑っていた。

しかし婚約してから、お義兄《にい》様の独占欲が更に強くなった。

お母様は、お義兄《にい》様が暴走することを懸念していたが、その通りになってしまったのだ。

「クリス！　自分の予定があるからって、シアの社交まで休ませようとしないでちょうだい！　貴方が無理なら、次の夜会は誰か親戚の男の子にエスコートしてもらうわ」

「義母《はは》上、ほかの男にシアは任せられませんよ。可愛いシアが攫われでもしたらどうするのです？　シアの社交は私か、百歩譲って義父《ちち》上がエスコートすると決まっているのです」

夜会や茶会に行くのは、準備が面倒なので、行かなくて済むならそれで良かった。

しかし社交だけでなく、ちょっとした買い物ですらも一人では行けなくなってしまったのだ。

私だって、自由に出歩きたい時もあるのに。

「シア、買い物に行きたいんだって？　外出したいなら、次の休みに私と一緒に行こう。可愛いシアが一人で行くのは危険すぎる」

「メイドと護衛騎士が一緒ですから大丈夫ですわ」

「護衛騎士も馬車の御者も男だろう？　ダメだ！」

「私は一人で外出もさせてもらえないのですか？」

「だから、私と一緒に……」

「束縛がひどいクリスなんて嫌いよ！」

「……シア！　待ってくれ！」

時々疲れすぎて、お義兄《にい》様に反抗して喧嘩することもある。けれど最後にはお義兄《にい》様の方から謝ってくれて、私達は仲直りしている。

お義兄《にい》様は婚約中、まだ学生の私の送り迎えを毎日してくれた。

雨の日も風の日も、殿下の側近の仕事が忙しかろうが、侯爵家の執務がたくさんあろうが、徹夜で仕事をしてまで、私の送り迎えを必ずしてくれるのだ。

無理はしてもらいたくないが、私との時間をそこまで大切にしてくれるのは、正直、とても嬉しかった。

「クリスはどんなに困難な仕事であっても、レティシア嬢との時間を作るために、完璧かつ迅速にこなしてくれるから助かる。レティシア嬢、ありがとう。君の存在には深く感謝している。これからも私と国のために、クリスの側にいてやってほしい」

「王太子殿下……、それは一体どういうことでしょうか？」

王宮で開かれる夜会で殿下と顔を合わせると、必ずそんなことを言われて感謝されるのだ。

うちのお義兄《にい》様が有能なのは知っているし、元社畜の私からすると仕事ができるエリートはカッコいいとは思うけど、わざわざ王太子から言われるお義兄《にい》様って何者なの？

お義兄《にい》様の溺愛を感じながらの生活は、あっという間に過ぎていき、気付くと私は学園を卒業して、お義兄《にい》様との結婚式の日を迎えていた。

「やっとシアを私だけのものにできる……。ずっと愛しているよ。私の最愛の奥さん……」

「旦那様、私も愛してます。ずっと側にいてくださいね」

旦那様の溺愛は結婚した後に更に激しく重くなり、私はあっという間に妊娠してしまった。

妊娠中、悪阻《つわり》や体質の変化で体調が優れない私を甲斐甲斐しくお世話してくれたのは、私の優しい旦那様だった。

そのお陰で、私は無事に男の子を出産した。

旦那様と同じ目と髪の色を持つ、親の私が言うのも何だが、綺麗な赤ちゃんだった。

アレクシスと名付けたこの子は、きっと旦那様のイケメン遺伝子を引き継ぐはず。

ふふっ……。今から楽しみだわ。


私は気付いていなかった。

アレクシスを見つめ、イケメンに育つことを想像してニヤけていた私を、旦那様が鋭い視線で見ていたことに。

旦那様はその三日後に、突然、長期の休暇を貰ってきた。

男性中心の社会であり、貴族の子育ては乳母にやらせるのが当たり前の世界で、旦那様は産後の私を労わるだけでなく、子育ての手伝いをしたいと言って殿下から無理に休暇を取ってきたらしいのだ。

それは前世で言うところの、男性の育児休業みたいだと思った。

重くて嫉妬深い旦那様だけど、私やアレクシスのためにそこまでしてくれるなんて……

「シア、乳母達がシアを褒めていたよ。貴族は、子育ては乳母に任せきりにする人が多いのに、シアは子育てに熱心で、アレクに付きっきりでいるって。私もそんなシアを見習って、アレクの育児に参加してみようと思う。シアと一緒にアレクを育てていきたいんだ」

私の旦那様は異世界一だわ！

「旦那様。私は妻と子供思いの旦那様と結婚できて、本当に幸せです。愛しています」

「シア、私も愛してるよ。ずっと一緒にいような」

旦那様は私に世話を焼くように、アレクの育児を積極的に手伝ってくれた。

気づくと、抱っこや寝かしつけなんかは私より旦那様の方が上手になっていて、アレクはパパっ子になりつつある。

家族にたくさんの愛情を注いでくれる旦那様に恵まれて、私は本当に幸せだわ。

この優しくて家族思いの旦那様となら、この先、何があっても一緒に乗り越えていける！


しかし、私は気付かなかった。

旦那様が、乳母達から私がアレクシスに付きっきりでいると聞き、息子に嫉妬していたことに。

旦那様が、息子がマザコンに育ち、私からの愛を独占するのではないかと不安に感じていたことに。

旦那様が、息子に嫉妬していることが私にバレたら嫌われてしまうと思い、必死に感情を出さずに我慢していたことに。

旦那様が、息子をマザコンにしないために、私に内緒で息子のファザコン育成計画を立てていたということに。


そんな旦那様の本性を知らない私は、家庭を大切にしてくれる素敵な旦那様が更に大好きになり、これからもずっと一緒の人生を歩んでいきたいと考えていたのであった。

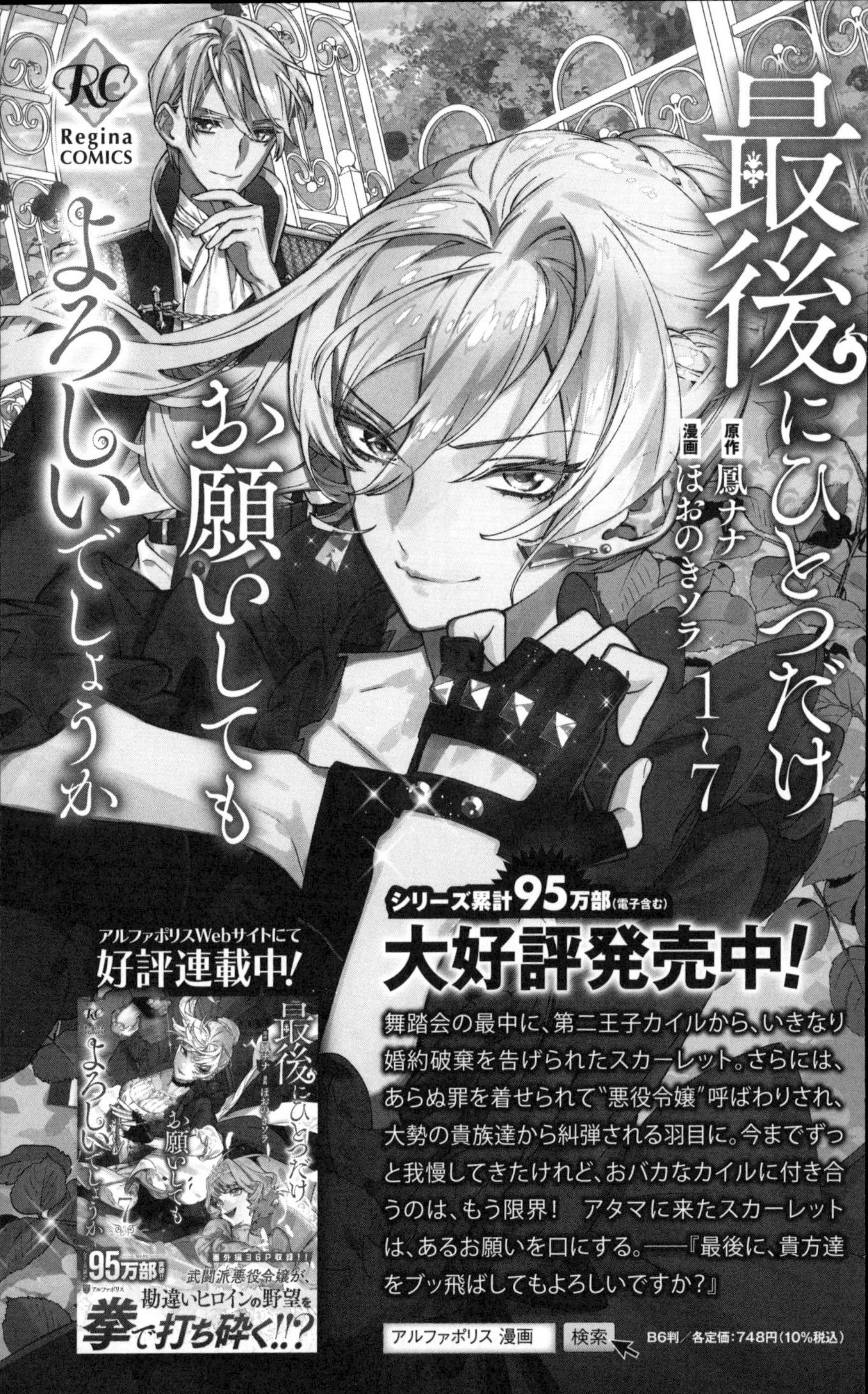
RC
Regina COMICS
最後にひとつだけお願いしてもよろしいでしょうか
原作 鳳ナナ
漫画 ほおのきソラ
1~7
シリーズ累計95万部(電子含む)
大好評発売中!
舞踏会の最中に、第二王子カイルから、いきなり婚約破棄を告げられたスカーレット。さらには、あらぬ罪を着せられて〝悪役令嬢〟呼ばわりされ、大勢の貴族達から糾弾される羽目に。今までずっと我慢してきたけれど、おバカなカイルに付き合うのは、もう限界！　アタマに来たスカーレットは、あるお願いを口にする。——『最後に、貴方達をブッ飛ばしてもよろしいですか?』
アルファポリスWebサイトにて
好評連載中!
最後にひとつだけお願いしてもよろしいでしょうか
7
95万部
アルファポリス
番外編36P収録!!
武闘派悪役令嬢が、
勘違いヒロインの野望を
拳で打ち砕く!!?
アルファポリス 漫画
検索
B6判／各定価:748円(10%税込)

［原作］ナカノムラアヤスケ
［漫画］文月路亜
RC Regina COMICS
転生ババァは見過ごせない！
元悪徳女帝の二周目ライフ
1~3
大好評発売中!!
アルファポリス Webサイトにて 好評連載中
恐怖政治により、国を治めていたラウラリス・エルダヌス。彼女の人生は、勇者に討たれ幕を閉じた。——はずが、三百年後、少女の姿で元女帝が大復活!? 自らの死をもって世界に平和をもたらしたラウラリスを称え、神様が人生やり直しのチャンスをくれたらしい。第二の人生は平穏気ままに暮らしたいが、いつの世にも悪い奴らはいるもので……
アルファポリス 漫画 検索
B6判／各定価：748円（10%税込）
［原作］ナカノムラアヤスケ
［漫画］文月路亜
転生ババァは見過ごせない！ 元悪徳女帝の二周目ライフ 3
元悪徳女帝の魂を宿す少女、新たな敵は前世に関わる悪の組織!?

Regina COMICS
メイドから母になりました
1〜10
大好評発売中!!
原作 Seiya Yuzuki 夕月星夜
漫画 Asuka Tsukimoto 月本飛鳥
アルファポリスWebサイトにて
好評連載中!
転生して凄腕メイドになった元女子高生。
舞踏会で囮捜査!?
一家で難事件に挑みます!
シリーズ累計67万部突破!! 子育てファンタジー!
（電子含む）
シリーズ累計67万部突破！
子育てファンタジー！
異世界に転生した、元女子高生のリリー。
ときどき前世を思い出したりもするけれど、
今はあちこちの家に派遣される
メイドとして活躍している。
そんなある日、王宮魔法使いのレオナールから
突然の依頼が舞い込んだ。
なんでも、彼の義娘《むすめ》・ジルの
「母親役」になってほしいという内容で——？
B6判・各定価:748円（10%税込）
アルファポリス 漫画 検索

この作品に対する皆様のご意見・ご感想をお待ちしております。

おハガキ・お手紙は以下の宛先にお送りください。

【宛先】

〒150-6008 東京都渋谷区恵比寿 4-20-3 恵比寿ｶﾞｰﾃﾞﾝﾌﾟﾚｲｽﾀﾜｰ 8F
（株）アルファポリス　書籍感想係

メールフォームでのご意見・ご感想は右のＱＲコードから、
あるいは以下のワードで検索をかけてください。

アルファポリス　書籍の感想　検索

ご感想はこちらから

本書は、Webサイト「アルファポリス」（https://www.alphapolis.co.jp/）に掲載されていたものを、改稿、加筆のうえ、書籍化したものです。

記憶喪失《きおくそうしつ》になったら、義兄《ぎけい》に溺愛《できあい》されました。

せいめ

2023年 4月 5日初版発行

編集－桐田千帆・森 順子
編集長－倉持真理
発行者－梶本雄介
発行所－株式会社アルファポリス
〒150-6008 東京都渋谷区恵比寿4-20-3 恵比寿ｶﾞｰﾃﾞﾝﾌﾟﾚｲｽﾀﾜｰ8F
TEL 03-6277-1601（営業） 03-6277-1602（編集）
URL https://www.alphapolis.co.jp/
発売元－株式会社星雲社（共同出版社・流通責任出版社）
〒112-0005 東京都文京区水道1-3-30
TEL 03-3868-3275
装丁・本文イラスト－ひづきみや
装丁デザイン－しおざわりな（ムシカゴグラフィクス）
（レーベルフォーマットデザイン―ansyyqdesign）
印刷－中央精版印刷株式会社

価格はカバーに表示されてあります。

落丁乱丁の場合はアルファポリスまでご連絡ください。

送料は小社負担でお取り替えします。


ISBN978-4-434-31784-2 C0093